人，为什么活着

鲁迅 等著

中国画报出版社·北京

图书在版编目（CIP）数据

人，为什么活着 / 鲁迅等著. -- 北京：中国画报出版社, 2025.5（2025.6重印）. -- ISBN 978-7-5146-2243-0

Ⅰ. I266

中国国家版本馆CIP数据核字第2024NH2633号

人，为什么活着

鲁迅 等 著

出 版 人：方允仲
策　　划：许晓善
责任编辑：吴　凡
内文排版：王建东
责任印制：焦　洋

出版发行：中国画报出版社
地　　址：中国北京市海淀区车公庄西路33号　邮编：100048
发 行 部：010-88417418　010-68414683（传真）
总编室兼传真：010-88417359　版权部：010-88417359

开　　本：32开（880mm×1230mm）
印　　张：7.75
字　　数：190千字
版　　次：2025年5月第1版　2025年6月第2次印刷
印　　刷：三河市金兆印刷装订有限公司
书　　号：ISBN 978-7-5146-2243-0
定　　价：59.80元

目录

鲁迅
003 死后
007 希望

朱自清
011 给亡妇
016 儿女
023 论自己
027 刹那

胡适
033 人生有何意义
035 人生问题
038 挑起改造社会的重任

徐志摩
049 自剖
056 再剖
061 吊刘叔和
065 青年运动
072 「话」（2）
079 「迎上前去」

目录

许地山

087 青年节对青年讲话
093 今天

陈独秀

099 敬告青年
106 人生真义
109 我们应该怎样？
——录少年中国学会会务报告
113 蔡孑民先生逝世后感言
——作于四川江津

周作人

119 死之默想
122 沉默
0124 死法

梁遇春

129 人死观
135 途中
142 坟

目录

郁达夫

147 说死以及自杀情死之类

151 一个人在途上

老舍

161 哭白涤洲

164 有了小孩以后

郑振铎

171 悼夏丏尊先生

177 迂缓与麻木

缪崇群

183 守岁烛

187 童年之友

陶行知

195 生活即教育

林徽因

205 悼志摩

王统照

215 人生价值的最低限度
219 生命的新微光
220 生活——时间——思想的争斗力

杨朔

227 用生命建设祖国的人们
233 万古青春

鲁迅

(1881年9月25日—1936年10月19日)

原名周樟寿,后改名周树人,字豫山,后改字豫才,浙江绍兴人。著名文学家、思想家、革命家、教育家,民主战士、新文化运动的重要参与者,被誉为中国现代文学的奠基人之一。一生在文学创作、文学批评、思想研究、文学史研究、翻译、美术理论引进、基础科学介绍和古籍校勘与研究等多个领域具有重大贡献。对于五四运动以后的中国社会思想文化发展具有重大影响,蜚声世界文坛,尤其在韩国、日本思想文化领域有极其重要的地位和影响,被誉为"二十世纪东亚文化地图上占最大领土的作家"。毛泽东曾评价:"鲁迅的方向,就是中华民族新文化的方向。"

他的文学作品包括但不限于《呐喊》《彷徨》《朝花夕拾》《野草》《华盖集》等。

我梦见自己死在道路上。

死后

我梦见自己死在道路上。

这是那里,我怎么到这里来,怎么死的,这些事我全不明白。总之,待我自己知道已经死掉的时候,就已经死在那里了。

听到几声喜鹊叫,接着是一阵乌老鸦。空气很清爽,——虽然也带些土气息,——大约正当黎明时候罢。我想睁开眼睛来,他却丝毫也不动,简直不像是我的眼睛;于是想抬手,也一样。

恐怖的利镞忽然穿透我的心了。在我生存时,曾经玩笑地设想:假使一个人的死亡,只是运动神经的废灭,而知觉还在,那就比全死了更可怕。谁知道我的预想竟的中了,我自己就在证实这预想。

听到脚步声,走路的罢。一辆独轮车从我的头边推过,大约是重载的,轧轧地叫得人心烦,还有些牙齿龉。很觉得满眼绯红,一定是太阳上来了。那么,我的脸是朝东的。但那都没有什么关系。切切嚓嚓的人声,看热闹的。他们踹起黄土来,飞进我的鼻孔,使我想打喷嚏了,但终于没有打,仅有想打的心。

陆陆续续地又是脚步声,都到近旁就停下,还有更多的低语声:看的人多起来了。我忽然很想听听他们的议论。但同时想,我生存时说的什么批评不值一笑的话,大概是违心之论罢:才死,就露了破绽了。然而还是听;然而毕竟得不到结论,归纳起来不过是这样——

"死了?……"

"嗡。——这……"

"哼!……"

"啧。……唉!……"

我十分高兴,因为始终没有听到一个熟识的声音。否则,或者害得他们伤心;或则要使他们快意;或则要使他们添些饭后闲谈的材料,多破费宝贵的工夫;这都会使我很抱歉。现在谁也看不见,就是谁也不受影响。好了,总算对得起人了!

但是,大约是一个马蚁,在我的脊梁上爬着,痒痒的。我一点也不能动,已经没有除去他的能力了;倘在平时,只将身子一扭,就能使他退避。而且,大腿上又爬着一个哩!你们是做什么的?虫豸!?

事情可更坏了:嗡的一声,就有一个青蝇停在我的颧骨上,走了几步,又一飞,开口便舐我的鼻尖。我懊恼地想:足下,我不是什么伟人,你无须到我身上来寻做论的材料……。但是不能说出来。他却从鼻尖跑下,又用冷舌头来舐我的嘴唇了,不知道可是表示亲爱。还有几个则聚在眉毛上,跨一步,我的毛根就一摇。实在使我烦厌得不堪,——不堪之至。

忽然,一阵风,一片东西从上面盖下来,他们就一同飞开了,临走时还说——

"惜哉!……"

我愤怒得几乎昏厥过去。

木材摔在地上的钝重的声音同着地面的震动,使我忽然清醒,前额上感着芦席的条纹。但那芦席就被掀去了,又立刻感到了日光的灼热。还听得有人说——

"怎么要死在这里?……"

这声音离我很近，他正弯着腰罢。但人应该死在那里呢？我先前以为人在地上虽没有任意生存的权利，却总有任意死掉的权利的。现在才知道并不然，也很难适合人们的公意。可惜我久没了纸笔；即有也不能写，而且即使写了也没有地方发表了。只好就这样抛开。

有人来抬我，也不知道是谁。听到刀鞘声，还有巡警在这里罢，在我所不应该"死在这里"的这里。我被翻了几个转身，便觉得向上一举，又往下一沉；又听得盖了盖，钉着钉。但是，奇怪，只钉了两个。难道这里的棺材钉，是只钉两个的么？

我想：这回是六面碰壁，外加钉子。真是完全失败，呜呼哀哉了！……

"气闷！……"我又想。

然而我其实却比先前已经宁静得多，虽然知不清埋了没有。在手背上触到草席的条纹，觉得这尸衾倒也不恶。只不知道是谁给我化钱的，可惜！但是，可恶，收敛的小子们！我背后的小衫的一角皱起来了，他们并不给我拉平，现在抵得我很难受。你们以为死人无知，做事就这样地草率？哈哈！

我的身体似乎比活的时候要重得多，所以压着衣皱便格外的不舒服。但我想，不久就可以习惯的；或者就要腐烂，不至于再有什么大麻烦。此刻还不如静静地静着想。

"您好？您死了么？"

是一个颇为耳熟的声音。睁眼看时，却是勃古斋旧书铺的跑外的小伙计。不见约有二十多年了，倒还是一副老样子。我又看看六面的壁，委实太毛糙，简直毫没有加过一点修刮，锯绒还是毛氄氄的。

"那不碍事,那不要紧。"他说,一面打开暗蓝色布的包裹来。"这是明板《公羊传》,嘉靖黑口本,给您送来了。您留下他罢。这是……"

"你!"我诧异地看定他的眼睛,说,"你莫非真正胡涂了?你看我这模样,还要看什么明板?……。"

"那可以看,那不碍事。"

我即刻闭上眼睛,因为对他很烦厌。停了一会,没有声息,他大约走了。但是似乎一个马蚁又在脖子上爬起来,终于爬到脸上,只绕着眼眶转圈子。

万不料人的思想,是死掉之后也会变化的。忽而,有一种力将我的心的平安冲破;同时,许多梦也都做在眼前了。几个朋友祝我安乐,几个仇敌祝我灭亡。我却总是既不安乐,也不灭亡地不上不下地生活下来,都不能副任何一面的期望。现在又影一般死掉了,连仇敌也不使知道,不肯赠给他们一点惠而不费的欢欣。……

我觉得在快意中要哭出来。这大概是我死后第一次的哭。

然而终于也没有眼泪流下;只看见眼前仿佛有火花一样,我于是坐了起来。

一九二五年七月十二日

希望

我的心分外地寂寞。

然而我的心很平安:没有爱憎,没有哀乐,也没有颜色和声音。

我大概老了。我的头发已经苍白,不是很明白的事么?我的手颤抖着,不是很明白的事么?那么,我的魂灵的手一定也颤抖着,头发也一定苍白了。

然而这是许多年前的事了。

这以前,我的心也曾充满过血腥的歌声:血和铁,火焰和毒,恢复和报仇。而忽而这些都空虚了,但有时故意地填以没奈何的自欺的希望。希望,希望,用这希望的盾,抗拒那空虚中的暗夜的袭来,虽然盾后面也依然是空虚中的暗夜。然而就是如此,陆续地耗尽了我的青春。

我早先岂不知我的青春已经逝去了?但以为身外的青春固在:星,月光,僵坠的胡蝶,暗中的花,猫头鹰的不祥之言,杜鹃的啼血,笑的渺茫,爱的翔舞……虽然是悲凉漂渺的青春罢,然而究竟是青春。

然而现在何以如此寂寞?难道连身外的青春也都逝去,世上的青年也多衰老了么?

我只得由我来肉薄这空虚中的暗夜了。我放下了希望之盾,我听到裴多菲的"希望"之歌:

希望是甚么?是娼妓:

她对谁都蛊惑,将一切都献给;

待你牺牲了极多的宝贝——

你的青春——她就弃掉你。

这伟大的抒情诗人,匈牙利的爱国者,为了祖国而死在可萨克兵的矛尖上,已经七十五年了。悲哉死也,然而更可悲的是他的诗至今没有死。

但是,可惨的人生!桀骜英勇如裴多菲,也终于对了暗夜止步,回顾着茫茫的东方了。他说:

绝望之为虚妄,正与希望相同。

倘使我还得偷生在不明不暗的这"虚妄"中,我就还要寻求那逝去的悲凉漂渺的青春,但不妨在我的身外。因为身外的青春倘一消灭,我身中的迟暮也即凋零了。

然而现在没有星和月光,没有僵坠的胡蝶以至笑的渺茫,爱的翔舞。然而青年们很平安。

我只得由我来肉薄这空虚中的暗夜了,纵使寻不到身外的青春,也总得自己来一掷我身中的迟暮。但暗夜又在那里呢?现在没有星,没有月光以至笑的渺茫和爱的翔舞;青年们很平安,而我的面前又竟至于并且没有真的暗夜。

绝望之为虚妄,正与希望相同!

一九二五年一月一日

朱自清

（1898年11月22日—1948年8月12日）

原名自华，后改名自清，字佩弦。原籍浙江绍兴，出生于江苏省东海县（今连云港市东海县平明镇），后随父定居扬州。中国现代散文家、诗人、学者、民主战士。中国新文学的开拓者之一，一代文学大师。

1920年毕业于北京大学哲学系。1925年任清华大学中文系教授。1931年留学英国，游历欧洲。1932年任清华大学中文系主任。抗日战争期间任国立西南联合大学教授。1948年因病逝世。

朱自清为中国现代散文增添了瑰丽的色彩，为建立中国现代散文全新的审美特征创造了具有中国民族特色的散文体制和风格。他的散文风格朴素、严密、清新、沉郁，以语言洗练、文笔清新秀丽而著称，著有《雪朝》《踪迹》《荷塘月色》《背影》《春》《经典常谈》等。

相信自己,靠自己,

随时随地尽自己的一份往最好里做去,

让自己活得有意思,

一时一刻一分一秒都有意思。

给亡妇

谦,日子真快,一眨眼你已经死了三个年头了。这三年里世事不知变化了多少回,但你未必注意这些个,我知道。你第一惦记的是你几个孩子,第二便轮着我。孩子和我平分你的世界,你在日如此;你死后若还有知,想来还如此的。告诉你,我夏天回家来着:迈儿长得结实极了,比我高一个头。闰儿,父亲说是最乖,可是没有先前胖了。采芷和转子都好。五儿全家夸她长得好看;却在腿上生了湿疮,整天坐在竹床上不能下来,看了怪可怜的。六儿,我怎么说好,你明白,你临终时也和母亲谈过,这孩子是只可以养着玩儿的,他左挨右挨,去年春天,到底没有挨过去。这孩子生了几个月,你的肺病就重起来了。我劝你少亲近他,只监督着老妈子照管就行。你总是忍不住,一会儿提,一会儿抱的。可是你病中为他操的那一份儿心也够瞧的。那一个夏天他病的时候多,你成天儿忙着,汤呀,药呀,冷呀,暖呀,连觉也没有好好儿睡过,哪里有一分一毫想着你自己。瞧着他硬朗点儿你就乐,干枯的笑容在黄蜡般的脸上,我只有暗中叹气而已。

从来想不到做母亲的要像你这样。从迈儿起,你总是自己喂乳,一连四个都这样。你起初不知道按钟点儿喂,后来知道了,却又弄不惯;孩子们每夜里几次将你哭醒了,特别是闷热的夏季。我瞧你的觉老没睡足。白天里还得做菜,照料孩子,很少得空儿。你的身子本来坏,四个孩子就累你七八年。到了第五个,你自己实在不成了,又没乳,只好自己喂奶粉,另雇老妈子专管她。但孩子跟老妈子睡,你就没有放过心;夜里一听见哭，就竖起耳朵听，工夫一大就得过去看。十六年初，和你到北京来，将迈儿、转子留在家里；三年多还不能去接他们，可真把你惦记苦了。你并不常提，我却明白。你后来说，你的病就是惦记出来的；那个自然也有份儿，不过大半还是养育孩子累的。你的短短的十二年结婚生活，有十一年耗费在孩子们身上；而你一点不厌倦，有多少力量用多少，一直到自己毁灭为止。你对孩子一般儿爱，不问男的女的，大的小的。也不想到什么"养儿防老，积谷防饥"，只拼命的爱去。你对于教育老实说有些外行，孩子们只要吃得好玩得好就成了。这也难怪你，你自己便是这样长大的。况且孩子们原都还小，吃和玩本来也要紧的。你病重的时候最放不下的还是孩子。病的只剩皮包着骨头了，总不信自己不会好；老说："我死了，这一大群孩子可苦了。"后来说送你回家。你想着可以看见迈儿和转子，也愿意；你万不想到会一走不返？的。我送车的时候，你忍不住哭了，说"还不知能不能再见？"。可怜，你的心我知道，你满想着好好儿带着六个孩子回来见我的。谦，你那时一定这样想，一定的。

除了孩子，你心里只有我。不错，那时你父亲还在；可是你母亲死了，他另有个女人，你老早就觉得隔了一层似的。出嫁后第一年你虽还一心一意依恋着他老人家，到第二年上我和孩子可就将你的心占住，你再没有多少工夫惦记他了。你还记得第一年我在北京，你在家里。家里来信说你待不住，常回娘家去。我动气了，马上写信责备你。你教人写了一封复信，说家里有事，不能不回去。这是你第一次也可以说第末次的抗议，我从此就没给你写信。暑假时带了一肚子主意回去，但见了面，看你一脸笑，也就拉倒了。打这时候起，你渐渐从你父亲的怀里跑到我这儿。你换了金镯子帮助我的学费，叫我以后还你；但直到你死，我没有还你。你在我家受了许多气，又因为我家的缘故受你家里的气，你都忍着。这全为的是我，我知道。那回我从家乡一个中学半途辞职出走，家里人讽你也走，哪里走！只得硬着头皮往你家去。那时你家像个冰窖子，你们在窖里足足住了三个月。好容易我才将你们领出来了，一同上外省去。小家庭这样组织起来了。你虽不是什么阔小姐，可也是自小娇生惯养的。做起主妇来，什么都得干一两手；你居然做下去了，而且高高兴兴地做下去了。菜照例满是你做，可是吃的都是我们；你至多夹上两三筷子就算了，你的菜做得不坏，有一位老在行大大地夸奖过你。你洗衣服也不错，夏天我的绸大褂大概总是你亲自动手。你在家老不乐意闲着；坐前几个"月子"，老是四五天就起床，说是躺着家里事没条没理的。其实你起来也还不是没条理；咱们家那么多孩子，哪儿来条理？在浙江住的时候，逃过两回兵难，我都在北平。真亏你领着母亲和一群孩子东藏西躲的，末一回还要走多少里路，翻一道大岭。这两回差不多只靠你一个人。你不但带了母亲和孩子们，还带了我一箱箱的书；你知道我是最爱书的。在短短的十二年里，你操的心比人家一辈子还多；谦，你那样身子怎么经得住！你将我的责任一股脑儿担负了去，压死了你；我如何对得起你！

你为我的捞什子书也费了不少神；第一回让你父亲的男用人从家乡捎到上海去。他说了几句闲话，你气得在你父亲面前哭了。第二回是带着逃难，别人都说你傻子。你有你的想头："没有书怎么教书？况且他又爱这个玩意儿。"其实你没有晓得，那些书丢了也并不可惜；不过教你怎么晓得，我平常从来没和你谈过这些个！总而言之，你的心是可感谢的。这十二年里你为我吃的苦真不少，可是没有过几天好日子。我们在一起住，算来也还不到五个年头。无论日子怎么坏，无论是离是合，你从来没对我发过脾气，连一句怨言也没有。——别说怨我，就是怨命也没有过。老实说，我的脾气可不大好，迁怒的事儿有的是。那些时候，你往往抽噎着流眼泪，从不回嘴，也不号啕。不过我也只信得过你一个人，有些话我只和你一个人说，因为世界上只你一个人真关心我，真同情我。你不但为我吃苦，更为我分苦；我之有我现在的精神，大半是你给我培养着的。这些年来我很少生病。但我最不耐烦生病，生了病就呻吟不绝，闹那伺候病的人。你是领教过一回的，那回只一两点钟，可是也够麻烦了。你常生病，却总不开口，挣扎着起来；一来怕搅我，二来怕没人做你那份儿事。我有一个坏脾气，怕听人生病，也是真的。后来你天天发烧，自己还以为南方带来的疟疾，一直瞒着我。明明躺着，听见我的脚步，一骨碌就坐起来。我渐渐有些奇怪，让大夫一瞧，这可糟了，你的一个肺已烂了一个大窟窿了！大夫劝你到西山去静养，你丢不下孩子，又舍不得钱；劝你在家里躺着，你也丢不下那份儿家务。越看越不行了，这才送你回去。明知凶多吉少，想不到只一个月工夫你就完了！本来盼望还见得着你，这一来可拉倒了。你也何尝想到这个？父亲告诉我，你回家独住着一所小住宅，还嫌没有客厅，怕我回去不便哪。

　　前年夏天回家，上你坟上去了。你睡在祖父母的下首，想来还不孤单的。只是当年祖父母的坟太小了，你正睡在圹底下。这叫做"抗圹"，在生人看来是不安心的；等着想办法吧。那时圹上圹下密密地长着青草，朝露浸湿了我的布鞋。你刚埋了半年多，只有圹下多出一块土，别的全然看不出新坟的样子。我和隐今夏回去，本想到你坟上来；因为她病了没来成。我们想告诉你，五个孩子都好，我们一定尽心教养他们，让他们对得起死了的母亲——你！谦，好好儿放心安睡吧，你。

儿女

我现在已是五个儿女的父亲了。想起圣陶喜欢用的"蜗牛背了壳"的比喻，便觉得不自在。新近一位亲戚嘲笑我说，"要剥层皮呢！"更有些悚然了。十年前刚结婚的时候，在胡适之先生的《藏晖室札记》里，见过一条，说世界上有许多伟大的人物是不结婚的；文中并引培根的话，"有妻子者，其命定矣。"当时确吃了一惊，仿佛梦醒一般；但是家里已是不由分说给娶了媳妇，又有甚么可说？现在是一个媳妇，跟着来了五个孩子；两个肩头上，加上这么重一副担子，真不知怎样走才好。"命定"是不用说了；从孩子们那一面说，他们该怎样长大，也正是可以忧虑的事。我是个彻头彻尾自私的人，做丈夫已是勉强，做父亲更是不成。自然，"子孙崇拜"，"儿童本位"的哲理或伦理，我也有些知道；既做着父亲，闭了眼抹杀孩子们的权利，知道是不行的。可惜这只是理论，实际上我是仍旧按照古老的传统，在野蛮地对付着，和普通的父亲一样。

近来差不多是中年的人了，才渐渐觉得自己的残酷；想着孩子们受过的体罚和叱责，始终不能辩解——像抚摩着旧创痕那样，我的心酸溜溜的。有一回，读了有岛武郎《与幼小者》的译文，对了那种伟大的，沉挚的态度，我竟流下泪来了。

去年父亲来信，问起阿九，那时阿九还在白马湖呢；信上说，"我没有耽误你，你也不要耽误他才好。"我为这句话哭了一场；我为什么不像父亲的仁慈？我不该忘记，父亲怎样待我们来着！人性许真是二元的，我是这样地矛盾；我的心像钟摆似的来去。

你读过鲁迅先生的《幸福的家庭》么？我的便是那一类的"幸福的家庭"！每天午饭和晚饭，就如两次潮水一般。先是孩子们你来他去地在厨房与饭间里查看，一面催我或妻发开饭的命令。急促繁碎的脚步，夹着笑和嚷，一阵阵袭来，直到命令发出为止。他们一递一个地跑着喊着，将命令传给厨房里用人；便立刻抢着回来搬凳子。于是这个说，"我坐这儿！"那个说，"大哥不让我！"大哥却说，"小妹打我！"我给他们调解，说好话。但是他们有时候很固执，我有时候也不耐烦，这便用着叱责了；叱责还不行，不由自主地，我的沉重的手掌便到他们身上了。于是哭的哭，坐的坐，局面才算定了。接着可又你要大碗，他要小碗，你说红筷子好，他说黑筷子好；这个要干饭，那个要稀饭，要茶要汤，要鱼要肉，要豆腐，要萝卜；你说他菜多，他说你菜好。妻是照例安慰着他们，但这显然是太迂缓了。我是个暴躁的人，怎么等得及？不用说，用老法子将他们立刻征服了；虽然有哭的，不久也就抹着泪捧起碗了。吃完了，纷纷爬下凳子，桌上是饭粒呀，汤汁呀，骨头呀，渣滓呀，加上纵横的筷子，欹斜的匙子，就如一块花花绿绿的地图模型。吃饭而外，他们的大事便是游戏。游戏时，大的有大主意，小的有小主意，各自坚持不下，于是争执起来；或者大的欺负了小的，或者小的竟欺负了大的，被欺负的哭着嚷着，到我或妻的面前诉苦；我大抵仍旧要用老法子来判断的，但不理的时候也有。最为难的，是争夺玩具的时候：这一个的与那一个的是同样的东西，却偏要那一个的；而那一个便偏不答应。在这种情形之下，不论如何，终于是非哭了不可的。这些事件自然不至于天天全有，但大致总有好些起。我若坐在家里看书或写什么东西,管保一点钟里要分几回心,或站起来一两次的。若是雨天或礼拜日,孩子们在家的多,那么,摊开书竟看不下一行,提起笔也写不出一个字的事,也有过的。我常和妻说,"我们家真是成日的千军万马呀!"有时是不但"成日",连夜里也有兵马在进行着,在有吃乳或生病的孩子的时候!

我结婚那一年,才十九岁。二十一岁,有了阿九;二十三岁,又有了阿菜。那时我正像一匹野马,哪能容忍这些累赘的鞍鞯,辔头,和缰绳?摆脱也知是不行的,但不自觉地时时在摆脱着。现在回想起来,那些日子,真苦了这两个孩子;真是难以宽宥的种种暴行呢!阿九才两岁半的样子,我们住在杭州的学校里。不知怎地,这孩子特别爱哭,又特别怕生人。一不见了母亲,或来了客,就哇哇地哭起来了。学校里住着许多人,我不能让他扰着他们,而客人也总是常有的;我懊恼极了,有一回,特地骗出了妻,关了门,将他按在地下打了一顿。这件事,妻到现在说起来,还觉得有些不忍;她说我的手太辣了,到底还是两岁半的孩子!我近年常想着那时的光景,也觉黯然。

阿菜在台州,那是更小了;才过了周岁,还不大会走路,也是为了缠着母亲的缘故吧,我将她紧紧地按在墙角里,直哭喊了三四分钟;因此生了好几天病。妻说,那时真寒心呢!但我的苦痛也是真的。我曾给圣陶写信,说孩子们的磨折,实在无法奈何;有时竟觉着还是自杀的好。这虽是气愤的话,但这样的心情,确也有过的。后来孩子是多起来了,磨折也磨折得久了,少年的锋棱渐渐地钝起来了;加以增长的年岁增长了理性的裁制力,我能够忍耐了——觉得从前真是一个"不成材的父亲",如我给另一个朋友信里所说。但我的孩子们在幼小时,确比别人的不安静，我至今还觉如此。我想这大约还是由于我们抚育不得法；从前只一味地责备孩子，让他们代我们负起责任，却未免是可耻的残酷了！

正面意义的"幸福"，其实也未尝没有。正如谁所说，小的总是可爱，孩子们的小模样，小心眼儿，确有些教人舍不得的。阿毛现在五个月了，你用手指去拨弄她的下巴，或向她做趣脸，她便会张开没牙的嘴格格地笑，笑得像一朵正开的花。她不愿在屋里待着；待久了，便大声儿嚷。妻常说，"姑娘又要出去溜达了。"她说她像鸟儿般，每天总得到外面溜一些时候。闰儿上个月刚过了三岁，笨得很，话还没有学好呢。他只能说三四个字的短语或句子，文法错误，发音模糊，又得费气力说出；我们老是要笑他的。他说"好"字，总变成"小"字；问他"好不好？"他便说"小"，或"不小"。我们常常逗着他说这个字玩儿；他似乎有些觉得，近来偶然也能说出正确的"好"字了——特别在我们故意说成"小"字的时候。他有一只搪瓷碗，是一毛来钱买的；买来时，老妈子教给他，"这是一毛钱。"他便记住"一毛"两个字，管那只碗叫"一毛"，有时竟省称为"毛"。这在新来的老妈子，是必需翻译了才懂的。他不好意思，或见着生客时，便咧着嘴痴笑；我们常用了土话，叫他做"呆瓜"。他是个小胖子，短短的腿，走起路来，蹒跚可笑；若快走或跑，便更"好看"了。他有时学我，将两手叠在背后，一摇一摆的；那是他自己和我们都要乐的。他的大姊便是阿菜，已是七岁多了，在小学校里念着书。在饭桌上，一定得啰啰唆唆地报告些同学或他们父母的事情；气喘喘地说着，不管你爱听不爱听。说完了总问我："爸爸认识么？""爸爸知道么？"妻常禁止她吃饭时说话，所以她总是问我。她的问题真多：看电影便问电影里的是不是人？是不是真人？怎么不说话？看照相也是一样。不知谁告诉她，兵是要打人的。她回来便问，兵是人么？为什么打人？近来大约听了先生的话，回来又问张作霖的兵是帮谁的？蒋介石的兵是不是帮我们的？诸如此类的问题，每天短不了，常常闹得我不知怎样答才行。她和闰儿在一处玩儿，一大一小，不很合式，老是吵着哭着。但合式的时候也有：譬如这个往床底下躲，那个便钻进去追着；这个钻出来，那个也跟着——从这个床到那个床，只听见笑着、嚷着、喘着，真如妻所说，像小狗似的。现在在京的，便只有这三个孩子；阿九和转儿是去年北来时，让母亲暂时带回扬州去了。

　　阿九是欢喜书的孩子。他爱看《水浒》，《西游记》，《三侠五义》，《小朋友》等；没有事便捧着书坐着或躺着看。只不欢喜《红楼梦》，说是没有味儿。是的，《红楼梦》的味儿，一个十岁的孩子，哪里能领略呢？去年我们事实上只能带两个孩子来；因为他大些，而转儿是一直跟着祖母的便在上海将他俩丢下。我清清楚楚记得那分别的一个早上。我领着阿九从二洋泾桥的旅馆出来，送他到母亲和转儿住着的亲戚家去。妻嘱咐说，"买点吃的给他们吧。"我们走过四马路，到一家茶食铺里。阿九说要熏鱼，我给买了；又买了饼干，是给转儿的。便乘电车到海宁路。下车时，看着他的害怕与累赘，很觉恻然。到亲戚家，因为就要回旅馆收拾上船，只说了一两句话便出来；转儿望望我，没说什么，阿九是和祖母说什么去了。我回头看了他们一眼，硬着头皮走了。后来妻告诉我，阿九背地里向她说："我知道爸爸欢喜小妹，不带我上北京去。"其实这是冤枉的。他又曾和我们说，"暑假时一定来接我啊！"我们当时答应着；

但现在已是第二个暑假了,他们还在迢迢的扬州待着。他们是恨着我们呢?还是惦着我们呢?妻是一年来老放不下这两个,常常独自暗中流泪;但我有什么法子呢!想到"只为家贫成聚散"一句无名的诗,不禁有些凄然。转儿与我较生疏些。但去年离开白马湖时,她也曾用了生硬的扬州话(那时她还没有到过扬州呢),和那特别尖的小嗓子向着我:"我要到北京去。"她晓得什么北京,只跟着大孩子们说罢了;但当时听着,现在想着的我,却真是抱歉呢。这兄妹俩离开我,原是常事,离开母亲,虽也有过一回,这回可是太长了;小小的心儿,知道是怎样忍耐那寂寞来着!

我的朋友大概都是爱孩子的。少谷有一回写信责备我,说儿女的吵闹,也是很有趣的,何至可厌到如我所说;他说他真不解。子恺为他家华瞻写的文章,真是"蔼然仁者之言"。圣陶也常常为孩子操心:小学毕业了,到什么中学好呢?——这样的话,他和我说过两三回了。我对他们只有惭愧!可是近来我也渐渐觉着自己的责任。我想,第一该将孩子们团聚起来,其次便该给他们些力量。我亲眼见过一个爱儿女的人,因为不曾好好地教育他们,便将他们荒废了。他并不是溺爱,只是没有耐心去料理他们,他们便不能成材了。我想我若照现在这样下去,孩子们也便危险了。我得计划着,让他们渐渐知道怎样去做人才行。但是要不要他们像我自己呢?这一层,我在白马湖教初中学生时,也曾从师生的立场上问过丏尊,他毫不踌躇地说,"自然啰。"近来与平伯谈起教子,他却答得妙,"总不希望比自己坏啰。"是的,只要不"比自己坏"就行,"像""不像"倒是不在乎的。职业,人生观等,还是由他们自己去定的好;自己顶可贵,只要指导,帮助他们去发展自己,便是极贤明的办法。

予同说,"我们得让子女在大学毕了业,才算尽了责任。"SK说,"不然,要看我们的经济,他们的材质与志愿;若是中学毕了业,不能或不愿升学,便去做别的事,譬如做工人吧,那也并非不行的。"自然,人的好坏与成败,也不尽靠学校教育;说是非大学毕业不可,也许只是我们的偏见。在这件事上,我现在毫不能有一定的主意;特别是这个变动不居的时代,知道将来怎样?好在孩子们还小,将来的事且等将来吧。

目前所能做的,只是培养他们基本的力量——胸襟与眼光;孩子们还是孩子们,自然说不上高的远的,慢慢从近处小处下手便了。这自然也只能先按照我自己的样子:"神而明之,存乎其人。"光辉也罢,倒楣也罢,平凡也罢,让他们各尽各的力去。我只希望如我所想的,从此好好地做一回父亲,便自称心满意。——想到那"狂人""救救孩子"的呼声,我怎敢不悚然自勉呢?

(1928年6月24日晚写毕,北京清华园)

论自己

翻开辞典,"自"字下排列着数目可观的成语,这些"自"字多指自己而言。这中间包括着一大堆哲学,一大堆道德,一大堆诗文和废话,一大堆人,一大堆我,一大堆悲喜剧。自己"真乃天下第一英雄好汉",有这么些可说的,值得说值不得说的!难怪纽约电话公司研究电话里最常用的字,在五百次通话中会发现三千九百九十次的"我"。这"我"字便是自己称自己的声音,自己给自己的名儿。

自爱自怜!真是天下第一英雄好汉也难免的,何况区区寻常人!冷眼看去,也许只觉得那枉自尊大狂妄得可笑;可是这只见了真理的一半儿。掉过脸儿来,自爱自怜确也有不得不自爱自怜的。幼小时候有父母爱怜你,特别是有母亲爱怜你。到了长大成人,"娶了媳妇儿忘了娘",娘这样看时就不必再爱怜你,至少不必再像当年那样爱怜你。——女的呢,"嫁出门的女儿,泼出门的水";做母亲的虽然未必这样看,可是形格势禁而且鞭长莫及,就是爱怜得着,也只算找补点罢了。爱人该爱怜你?然而爱人们的嘴一例是甜蜜的,谁能说"你泥中有我,我泥中有你"真有那么回事儿?赶到爱人变了太太,再生了孩子,你算成了家,太太得管家管孩子,更不能一心儿爱怜你。你有时候会病,"久病床前无孝子",太太怕也够倦的,够烦的。住医院?好,假如有运气住到像当年北平协和医院样的医院里去,倒是比家里强得多。但是护士们看护你,是服务,是工作;也许夹上点儿爱怜在里头,那是"好生之德",不是爱怜你,是爱怜"人类"。——你又不能老呆在家里,一离开家，怎么着也算"作客"；那时候更没有爱怜你的。可以有朋友招呼你；但朋友有朋友的事儿，哪能教他将心常放在你身上？可以有属员或仆役伺候你，那——说得上是爱怜么？总而言之，天下第一爱怜自己的，只有自己；自爱自怜的道理就在这儿。

再说，"大丈夫不受人怜"。穷有穷干，苦有苦干；世界那么大，凭自己的身手，哪儿就打不开一条路？何必老是向人愁眉苦脸唉声叹气的！愁眉苦脸不顺耳，别人会来爱怜你？自己免不了伤心的事儿，咬紧牙关忍着，等些日子，等些年月，会平静下去的。说说也无妨，只别不拣时候不看地方老是向人叨叨，叨叨得谁也不耐烦的岔开你或者躲开你。也别怨天怨地将一大堆感叹的句子向人身上扔过去。你怨的是天地，倒碍不着别人，只怕别人奇怪你的火气怎么这样大。——自己也免不了吃别人的亏。值不得计较的，不做声吞下肚去。出入大的想法子复仇，力量不够，卧薪尝胆的准备着。可别这儿那儿尽嚷嚷——嚷嚷完了一扔开，倒便宜了那欺负你的人。"好汉胳膊折了往袖子里藏"，为的是不在人面前露怯相，要人爱怜这"苦人儿"似的，这是要强，不是装。说也怪，不受人怜的人倒是能得人怜的人；要强的人总是最能自爱自怜的人。

大丈夫也罢，小丈夫也罢，自己其实是渺乎其小的，整个儿人类只是一个小圆球上一些碳水化合物，像现代一位哲学家说的，别提一个人的自己了。庄子所谓马体一毛，其实还是放大了看的。英国有一家报纸登过一幅漫画，画着一个人，仿佛在一间铺子里，周遭陈列着从他身体里分析出来的各种原素，每种标明分量和价目，总数是五先令——那时合七元钱。现在物价涨了，怕要合国币一千元了罢？然而，个人的自己也就值区区这一千元儿！自己这般渺小，不自爱自怜着点又怎么着！然而，"顶天立地"的是自己，"天地与我并生，万物与我为一"的也是自己；有你说这些大处只是好听的话语，好看的文句？你能愣说这样的自己没有！有这么的自己，岂不更值得自爱自怜的？再说自己的扩大，在一个寻常人的生活里也可见出。且先从小处看。小孩子就爱搜集各国的邮票，正是在扩大自己的世界。从前有人劝学世界语，说是可以和各国人通信。你觉得这话幼稚可笑？可是这未尝不是扩大自己的一个方向。再说这回抗战，许多人都走过了若干地方，增长了若干阅历。特别是青年人身上，你一眼就看出来，他们是和抗战前不同了，他们的自己扩大了。——这样看，自己的小，自己的大，自己的由小而大，在自己都是好的。

自己都觉得自己好，不错；可是自己的确也都爱好。做官的都爱做好官，不过往往只知道爱做自己家里人的好官，自己亲戚朋友的好官；这种好官往往是自己国家的贪官污吏。做盗贼的也都爱做好盗贼——好喽啰，好伙伴，好头儿，可都只在贼窝里。有大好，有小好，有好得这样坏。自己关闭在自己的丁点大的世界里，往往越爱好越坏。所以非扩大自己不可。但是扩大自己得一圈儿一圈儿的，得充实，得踏实。别像肥皂泡儿，一大就裂。"大丈夫能屈能伸"，该屈的得屈点儿，别只顾伸出自己去，也得估计自己的力量。力量不够的话，"人一能之，己百之，人十能之，己千之"；得寸是寸，得尺是尺。总之路是有的。看得远，想得开，把得稳；自己是世界的时代的一环，别脱了节才真算好。力量怎样微弱，可是是自己的。相信自己，靠自己，随时随地尽自己的一份儿往最好里做去，让自己活得有意思，一时一刻一分一秒都有意思。这么着，自爱自怜才真是有道理的。

（1942年9月1日作。原载1942年11月15日《人世间》第1卷第2期）

刹那

我所谓"刹那",指"极短的现在"而言。

在这个题目下面,我想略略说明我对于人生的态度。现在人说到人生,总要谈它的意义与价值;我觉得这种"谈"是没有意义与价值的。且看古今多少哲人,他们对于人生,都曾试作解人,议论纷纷,莫衷一是;他们"各思以其道易天下",但是谁肯真个信从呢?——他们只有自慰自驱罢了!我觉得人生的意义与价值横竖是寻不着的;——至少现在的我们是如此——而求生的意志却是人人都有的。既然求生,当然要求好好的生。如何求好好的生,是我们各人"眼前的"最大的问题;而全人生的意义与价值却反是大而无当的东西,尽可搁在一旁,存而不论。因为要求好好的生,断不能用总解决的办法;若用总解决的办法,便是"好好的"三个字的意义,也尽够你一生的研究了,而"好好的生"终于不能努力去求的!这不是走入牛角湾里去了么?要求好好的生,须零碎解决,须随时随地去体会我生"相当的"意义与价值;我们所要体会的是刹那间的人生,不是上下古今东西南北的全人生!

着眼于全人生的人,往往忘记了他自己现在的生活。他们或以为人生的意义与价值在于过去;时时回顾着从前的黄金时代,涎垂三尺!而不知他们所回顾的黄金时代,实是传说的黄金时代!——就是真有黄金时代;区区的回顾又岂能将它招回来呢?他们又因为念旧的情怀,往往将自己的过去任情扩大,加以点染,作为回顾的资料,惆怅的因由。这种人将在惆怅,惋惜之中度了一生,永没有满足的现在——一刹那也没有!

惆怅惋惜常与徬徨相伴；他们将徬徨一生而无一刹那的成功的安息！这是何等的空虚呀。着眼于全人生的，或以为人生的意义与价值在于将来；时时等待着将来的奇迹。而将来的奇迹真成了奇迹，永不降临于笼着手，垫着脚，伸着颈，只知道"等待"的人！他们事事都等待"明天"去做，"今天"却专作为等待之用；自然的，到了明天，又须等待明天的明天了。这种人到了死的一日，将还留着许许多多明天"要"做的事——只好来生再做了吧！他们以将来自驱，在徒然的盼望里送了一生，成功的安慰不用说是没有的，于是也没有满足的一刹那！"虚空的虚空"便是他们的运命了！这两种人的毛病，都在远离了现在——尤其是眼前的一刹那。

着眼于现在的人未尝没有。自古所谓"及时行乐"，正是此种。但重在行乐，容易流于纵欲；结果偏向一端，仍不能得着健全的，谐和的发展——仍不能得着好好的生！况且所谓"及时行乐"，往往"醉翁之意不在酒"；不过借此掩盖悲哀，并非真正在行乐。杨恽说，"及时行乐耳；须富贵何时！"明明是不得志时的牢骚语。"遇饮酒时须饮酒，得高歌处且高歌"，明明是哀时事不可为而厌世的话。这都是消极的！消极的行乐，虽属及时，而意别有所寄；所以便不能认真做去，所以便不能体会行乐的一刹那的意义与价值——虽然行乐，不满足还是依然，甚至变本加厉呢！欧洲的颓废派，自荒于酒色，以求得刹那间官能的享乐为满足；在这些时候，他们见着美丽的幻象，认识了自己。他们的官能虽较从前人敏锐多多，但心情与纵欲的及时行乐的人正是大同小异。他们觉到现世的苦痛，已至忍无可忍的时候，才用颓废的方法，以求暂时的遗忘；正如糖面金鸡纳霜丸一般，面子上一点甜，里面却到心都是苦呀！友人某君说，颓废便是慢性的自杀，实能道出这一派的精微处。总之，无论行乐派，颓废派，深浅虽有不同，却都是"伤心人别有怀抱"；他们有意的或无意的企图"生之毁灭"。这是求生意志的消极的表现；这种表现当然不能算是好好的生了。他们面前的满足安慰他们的力量，决不抵他们背后的不满足压迫他们的力量；他们终于不能解脱自己，仅足使自己沉沦得更深而已！他们所认识的自己，只是被苦痛压得变形了的，虚空的自己；决不是充实的生命，决不是的！所以他们虽着眼于现在，而实未体会现在一刹那的生活的真味；他们不曾体会着一刹那的意义与价值，仍只是白辜负他们的刹那的现在！

我们目下第一不可离开现在，第二还应执着现在。我们应该深入现在的里面，用两只手揿牢它，愈牢愈好！已往的人生如何的美好，或如何的乏味而可憎；已往的我生如何的可珍惜，或如何的可厌弃，"现在"都可不必去管它，因为过去的已"过去"了。——孔子岂不说"往者不可谏"么？将来的人生与我生，也应作如是观；无论是有望，是无望，是绝望，都还是未来的事，何必空空的操心呢？要晓得"现在"是最容易明白的；"现在"虽不是最好，却是最可努力的地方，就是我们最能管的地方。因为是最能管的，所以是最可爱的。古尔孟曾以葡萄喻人生：说早晨还酸，傍晚又太熟了，最可口的是正午时摘下的。这正午的一刹那，是最可爱的一刹那，便是现在。事情已过，追想是无用的；事情未来，预想也是无用的；只有在事情正来的时候，我们可以把捉它，发展它，改正它，补充它：使它健全，谐和，成为完满的一段落，一历程。历程的满足，给我们相当的欢喜。譬如我来此演讲，在讲的一刹那，我只专心致志的讲；决不想及演讲以前吃饭，看书等事，也不想及演讲以后发表讲稿，毁誉等事。——我说我所爱说的，说一句是一句，都是我心里的话。我说完一句时，心里便轻松了一些，这就是相当的快乐了。这种历程的满足，便是我所谓"我生相当的意义与价值"，便是"我们所能体会的刹那间的人生"。无论您对于全人生有如何的见解，这刹那间的意义与价值总是不可埋没的。您若说人生如电光泡影，则刹那便是光的一闪，影的一现。这光影虽是暂时的存在，但是有不是无，是实在不是空虚；这一闪一现便是实现，也便是发展——也便是历程的满足。您若说人生是不朽的，刹那的生当然也是不朽的。您若说人生向着死之路，那么，未死前的一刹那总是生，总值得好好的体会一番的；何况未死前还有无量数的刹那呢？您若说人生是无限的，好，刹那也可说是无限的。无论怎样说，刹那总是有的，总是真的；刹那间好好的生总可以体会的。好了，不要思前想后的了，耽误了"现在"，又是后来惋惜的资料，向谁去追索呀？你们"正在"做什么，就尽力做什么吧；最好的是-ing，可宝贵的-ing呀！你们要努力满足"此时此地此我"！——这叫做"三此"，又叫做刹那。

言尽于此，相信我的，不要再想，赶快去做你今晚的事吧；不相信的，也不要再想，赶快去做你今晚的事吧！

（1924年6月1日，《春晖》第30期）

胡适

（1891年12月17日—1962年2月24日）

原名胡嗣穈，学名胡洪骍，后改名胡适，字适之，中国近现代史上著名的思想家、文学家、哲学家。籍贯安徽省绩溪县，生于今上海市浦东新区。

以倡导"白话文"和领导新文化运动而闻名于世。学术活动主要涉及文学、哲学、史学、考据学、教育学和红学等方面。代表作品《中国哲学史大纲》《白话文学史》《胡适文存》等。

胡适的学术成就和影响不仅体现在他的著作上。他提倡"大胆地假设，小心地求证"的治学方法，这种方法对后来的学术研究产生了深远的影响。此外，他还提倡白话文，反对文言文，是新文化运动的代表人物之一，与陈独秀一同推动了中国的文学革命。

胡适曾在多个领域开风气之先，不仅在学术上有着卓越的贡献，还在政治和教育领域有着重要的影响。曾任北京大学校长、中华民国驻美大使等职，并在1957年担任"中央研究院"院长。

人生的意义不在于何以有生,而在于自己怎样生活。

胡适

人生有何意义

一　答某君书

……我细读来书，终觉得你不免作茧自缚。你自己去寻出一个本不成问题的问题，"人生有何意义？"其实这个问题是容易解答的。人生的意义全是各人自己寻出来，造出来的：高尚，卑劣，清贵，污浊，有用，无用……全靠自己的作为。生命本身不过是一件生物学的事实，有什么意义可说？生一个人与一只猫，一只狗，有什么分别？人生的意义不在于何以有生，而在于自己怎样生活。你若情愿把这六尺之躯葬送在白昼作梦之上，那就是你这一生的意义。你若发愤振作起来，决心去寻求生命的意义，去创造自己的生命的意义，那么，你活一日便有一日的意义，作一事便添一事的意义，生命无穷，生命的意义也无穷了。

总之，生命本没有意义，你要能给他什么意义，他就有什么意义。与其终日冥想人生有何意义，不如试用此生做点有意义的事。……

十七，一，廿七

二　为人写扇子的话

知世如梦无所求，无所求心普空寂。
还似梦中随梦境，成就河沙梦功德。

王荆公小诗一首，真是有得于佛法的话。认得人生如梦，故无所求。但无所求不是无为。人生固然不过一梦，但一生只有这一场做梦的机会，岂可不努力做一个轰轰烈烈像个样子的梦？岂可糊糊涂涂懵懵懂懂混过这几十年吗？

十八，五，十三

人生问题

1903年,我只有十二岁,那年12月17日,有美国的莱特弟兄做第一次飞机试验,用很简单的机器试验成功,因此美国定12月17日为飞行节。12月17日正是我的生日,我觉得我同飞行有前世因缘。我在前十多年,曾在广西飞行过十二天,那时我作了一首《飞行小赞》,这算是关于飞行的很早的一首词。诸位飞过大西洋、太平洋,我在民国三十年,在美国也飞过四万英里,这表示我同诸位不算很隔阂。

今天大家要我讲人生问题,这是诸位出的题目,我来交卷。

这是很大的问题,让我先下定义,但是定义不是我的,而是思想界老前辈吴稚晖的。他说:人为万物之灵,怎么讲呢?第一,人能够用两只手做东西。第二,人的脑部比一切动物的都大,不但比哺乳动物大,并且比人的老祖宗猿猴的还要大。有这能做东西的两手和比一切动物都大的脑部,所以说人为万物之灵。

人生是什么?即是人在戏台上演戏,在唱戏。看戏有各种看法,即对人生的看法叫做人生观。但人生有什么意义呢?怎样算好戏?怎样算坏戏?我常想:人生意义就在我们怎样看人生。意义的大小浅深,全在我们怎样去用两手和脑部。人生很短,上寿不过百年,完全可用手脑做事的时候,不过几十年。有人说,人生是梦,是很短的梦。有人说,人生不过是肥皂泡。其实,就是最悲观的说法,也证实我上面所说人生的有没有意义,全看我们对人生的看法。就算他是做梦吧,也要做一个热闹的，轰轰烈烈的好梦，不要做悲观的梦。既然辛辛苦苦的上台，就要好好的唱个好戏，唱个像样子的戏，不要跑龙套。人生不是单独的，人是社会的动物，他能看见和想象他所看不到的东西，他有能看到上至数百万年下至子孙百代的能力。无论是过去，现在，或将来，人都逃不了人与人的关系。比如这一杯茶（讲演桌上放着一杯玻璃杯盛的茶）就包括多少人的供献，这些人虽然看不见，但从种茶，挑选，用自来水，自来水又包括电力等等，这有多少人的供献，这就可以看出社会的意义。我们的一举一动，也都有社会的意义，譬如我随便往地上吐口痰，经太阳晒干，风一吹起，如果我有痨病，风可以把病菌带给几个人到无数人。我今天讲的话，诸位也许有人不注意，也许有人认为没道理，也许说胡适之胡说，是瞎说八道，也许有人因我的话回去看看书，也许竟一生受此影响。一句话，一句格言，都能影响人。

我举一个极端的例子，两千五百年前，离尼泊尔不远地方，路上有一个乞丐死了，尸首正在腐烂。这时走来一位年轻的少爷叫 Gotama，后来就是释迦牟尼佛，这位少爷是生长于深宫中不知穷苦的，他一看到尸首，问这是什么？人说这是死。他说：噢！原来死是这样子，我们都不能不死吗？这位贵族少爷就回去想这问题，后来跑到森林中去想，想了几年，出来宣传他的学说，就是所谓佛学。这尸身腐烂一件事，就有这么大的影响。飞机在莱特兄弟做试验时，是极简单的东西，经四十年的工夫，多少人聪明才智，才发展到今天。我们一举一动，一言一行，一点行为都可以有永远不能磨灭的影响。几年来的战争，都是由希特勒的一本《我的奋斗》闯的祸，这一本书害了多少人？反过来说，一句好话，也可以影响无数人，我讲一个故事：民国元年，有一个英国人到我们学堂讲话，讲的内容很荒谬，但他的O字的发音，同普通人不一样，是尖声的，这也影响到我的O字发音，许多我的学生又受到我的影响。在四十年前，有一天我到一外国人家去，出来时鞋带掉了，那外国人提醒了我，并告诉我系鞋带时，把结头底下转一弯就不会掉了，我记住了这句话，并又告诉许多人，如今这外国人是死了，但他这句话已发生不可磨灭的影响。总而言之，从顶小的事情到顶大的像政治经济宗教等等，我们的一举一动都有不可磨灭的影响，尽管看不见，影响还是有。在孔夫子小时，有一位鲁国人说：人生有三不朽，即立德，立功，立言。立德就是最伟大的人格，像耶稣、孔子等。立功就是对社会有贡献。立言包括思想和文学，最伟大的思想和文学都是不朽的。但我们不要把这句话看得贵族化，要看得平民化，比如皮鞋打结不散，吐痰，O的发音，都是不朽的。就是说：不但好的东西不朽，坏的东西也不朽，善不朽，恶亦不朽。一句好话可以影响无数人，一句坏话可以害死无数人。这就给我们一个人生标准，消极的我们不要害人，要懂得自己行为。积极的要使这社会增加一点好处，总要叫人家得我一点好处。

再回来说，人生就算是做梦，也要做一个像样子的梦。宋朝的政治家王安石有一首诗，题目是《梦》。说："知世如梦无所求，无所求心普定寂，还似梦中随梦境，成就河沙梦功德"。不要丢掉这梦，要好好去做！即算是唱戏，也要好好去唱。

挑起改造社会的重任

今天是五月四日。我们回想去年今日,我们两人都在上海欢迎杜威博士,直到五月六日方才知道,北京五月四日的事。日子过得真快,匆匆又是一年了!

当去年的今日,我们心里只想留住杜威先生在中国讲演教育哲学。在思想一方面提倡实验的态度和科学的精神;在教育一方面而输入新鲜的教育学说,引起国人的觉悟,大家来做根本的教育改革。这是我们去年今日的希望。不料时势的变化大出我们的意料之外,这一年以来,教育界的风潮几乎没有一个月平静的,整整的一年光阴就在风潮扰攘里过去了。

这一年的学生运动,从远大的观点看起来,自然是几十年来的一件大事。从这里面发出来的好效果,自然也不少。引起学生的自动的精神,是一件;引起学生对于社会国家的兴趣,是二件;引出学生的作文演说的能力,组织的能力,办事的能力,是三件;使学生增加团体生活的经验,是四件;引起许多学生求知识的欲望,是五件。这都是旧日的课堂生活所不能产生的,我们不能不认为学生运动的重要的贡献。

社会若能保持一种水平线以上的清明,一切政治上鼓吹和设施,制度上的评判和革新,都应该有成年的人去料理;未成年的一代人(学生时代之男女),应该有安心求学的权利,社会也用不着他们求做学校生活之外的活动。但是我们现在不幸生在这个变态的社会里,没有这种常态社会中人应该有的福气;社会上许多事被一班成年的或老年的人弄坏了,别的阶级又都不肯出来干涉纠正,于是这种干涉纠正的责任遂落在一般未成年的男女学生的肩膀上。这是变态的社会里一种不可免的现象。现在有许多人说学生不应该干预政治，其实并不是学生自己要这样干，这都是社会和政府硬逼出来。如果社会国家的行为没有受学生干涉纠正的必要，如果学生能享受安心求学的幸福而不受外界的强烈的刺激和良心上的督责，他们又何必甘心抛了宝贵的光阴，冒着生命的危险，来做这种学生运动呢？

简单一句话：在变态的社会国家里面，政府太卑劣腐败了，国民又没有正式的纠正机关（如代表民意的国会之类）。那时候，干预政治的运动，一定要从青年的学生界发生的。汉末的太学生，宋代的太学生，明末的结社，戊戌政变以前的公车上书，辛亥以前的留学生革命党，俄国从前的革命党，德国革命前的学生运动，印度和朝鲜现在的运动，中国去年的五四运动与六三运动，都是同一个道理，都是有发生的理由的。

但是我们不要忘记：这种运动是非常的事，是变态的社会里不得已的事，但是它不是很不经济的不幸事。因为是不得已，故它的发生是可以原谅的。因为是很不经济的不幸事，故这种运动是暂时不得已的救急的办法，却不可长期存在的。

荒唐的中年、老年人闹下了乱子，却要未成年的学子抛弃学业，荒废光阴，来干涉纠正：这是天下最不经济的事。况且中国眼前的学生运动更是不经济。何以故呢？试看自汉末以来学生运动，试看俄国、德国、印度、朝鲜的学生运动，哪有一种用罢课作武器的？即如去年的"五四"与"六三"，这两次的成绩可是单靠罢课代武器的吗？单靠用罢课作武器，是最不经济的方法，是下下策，屡用不已，是学生运动破产的表现！

罢课于旁人无损，于自己却有大损失，这是人人共知的。但我们看来，用罢课作武器，还有精神上的很大损失：

（一）养成依赖群众的恶心理，现在的学生很像忘了个人自己有许多事可做，他们很像以为不全体罢课便无事可做。个人自己不肯牺牲，不敢做事，却要全体罢了课来呐喊助威，自己却躲在大众群里跟着呐喊，这种依赖群众的心理是懦夫的心理！

（二）养成逃学的恶习惯，现在罢课的学生，究竟有几个人出来认真做事？其余无数的学生，既不办事，又不自修，究竟为了什么事罢课？从前还可说是"激于义愤"的表示，大家都认作一种最重大的武器，不得已而用之。久而久之，学生竟把罢课的事看作平常的事。我们要知道，多数学生把罢课看作很平常的事，这便是逃学习惯已养成的证据。

（三）养成无意识的行为的恶习惯，无意识的行为，就是自己说不出为什么要做的行为。现在不但学生把罢课看做很平常的事，社会也把学生罢课看做很平常的事，一件很重大的事，变成了很平常的事，还有什么功效灵验呢？既然明知没有灵验功效，却偏要去做；一处无意识的做了，别处也无意识的盲从，这种心理的养成，实在是眼前和将来最可悲观的现象。

以上说的是我们对于现在学生运动的观察。

我们对于学生的希望，简单说来，只有一句话："我们希望学生从今以后要注意课堂里，操场上，课余时间里的学生生活：只有这种学生活动是能持久又最有功效的学生运动。"

这种学生活动有三个重要部分：（1）学问的生活；（2）团体的生活；（3）社会服务的生活。

第一，学问的生活。这一年以来，最可使人乐观的一种好现象，就是许多学生于知识学问的兴趣渐渐增加了。新出的出版物的销数增加，可以估量求知识的兴趣增加。我们希望现在的学生充分发展这点新发生的兴趣，注重学问的生活。要知道社会国家的大问题，决不是没有学问的人能解决的。我们说的"学问的生活"并不限于从前的背书抄讲义的生活。我们希望学生——无论中学、大学——都能注重下列的几项细目：

（1）注重外国文，现在中文的出版物实在不够满足我们求知的欲望。求新知识的门径在于外国文。每个学生至少须要能用一种外国语看书。学外国语须要经过查生字、记生字的第一难关。千万不要怕难。若是学堂里的外国文教员确是不好，千万不要让他敷衍你们，不妨赶他跑。

（2）注重观察事实与调查事实，这是科学训练的第一步。要求学校里用实验来教授科学。自己去采集标本，自己去观察调查。观察调查须要有个目的，例如本地的人口、风俗、出产、植物、鸦片烟馆等项的调查，还要注重团体的互助，分工合作，做成有系统的报告。现在的学生天天谈"二十一条"，究竟"二十一条"是什么东西，有几个人说得出？天天谈"高徐济顺"，究竟有几个人指得出这条路在什么地方吗？这种不注重事实的习惯，是不可不打破的。打破这种习惯的唯一法子，就是养成观察调查的习惯。

（3）建设性地促进学校的改良，现在的学校课程和教员一定有许多不能满足学生求学的欲望的。我们学生不要专做破坏的攻击，须要用建设的精神，促进学校的改良。与其提倡考试的废止，不如提倡考试的改良；如其攻击校长不多买博物标本，不如提倡学生自己采集标本。这种建设性地促进，比教育部和教育厅的命令功效大得多哪。

（4）真正可靠的学问都是从自修得来的。自修的能力是求学问的唯一条件。不养成自修的能力，决不能求学问。自修应注重的事是：①看书的能力；②要求学校购备参考书报，如大字典、词典、重要的大部书之类；③结合同学多买书报，交换阅看；④要求教员指导自修的门径和自修的方法。

第二，团体的生活。五四运动以来，总算增加了许多的学生的团体生活的经验。但是现在的学生团体有两大缺点：一是内容太偏枯了，二是组织太不完备了。内容偏枯的补救，应注意各方面的"俱分并进"。

（1）学术的团体生活，如学术研究会或讲演会之类。应该注重自动的调查、报告、实验、讲演。

（2）体育的团体生活，如足球、运动会、童子军、野外幕居、假期旅行，等等。

（3）游艺的团体生活，如音乐、图书、戏剧，等等。

（4）社交的团体生活，如同学茶话会、家人恳亲会、师生恳亲会、同乡会，等等。

（5）组织的团体生活，如本校学生会、自治会、各校联合会、学生联合总会之类。

要补救组织不完备，应注重世界通行的议会法规(Parliamentary Law)的重要条件。简单说来，至少须有下列的几个条件：

（1）法定开会人数。这是防弊的要件。

（2）动议的手续与修正议案的手续。这是会议法规里最繁难又最重要的一项。

（3）发言的顺序。这是维持秩序的要件。

（4）表决的方法。①须规定某种议案必须全体几分之几的可决，某种必须到会人数几分之几的可决，某种仅须过半数的可决。②须规定某种重要议案必须用无记名投票，某种必须用有记名投票，某种可用举手的表决。

（5）凡是代表制的联合会——无论校内校外——皆须有复决制(referendum)。遇重大的案件，代表会议决案必须再经过委员的总投票，总会的议决案，必须再经过各分会的复决。

（6）议案提出后，应有规定的讨论时间，并须限制每人发言的时间与次数。

现在许多学生会的章程只注重职员的分配，却不注重这些最紧要的条件，这是学生团体失败的一个大原因。

此外还须注意团体生活最不可少的两种精神：

（1）容纳反对党的意见，现在学生会议的会场上，对于不肯迎合群众心理的言论，往往有许多威压的表示，这是暴民专制，不是民治精神。民治主义的第一个条件就是要使各方面的意见都可以自由发表。

（2）人人要负责任，天下有许多事都是不肯负责任的"好人"弄坏的。好人坐在家里叹气，坏人在议场做戏，天下事所以败坏了。不肯出头负责任的人，便是团体的罪人，便不配做民治国家的国民。民治主义的第二个条件是人人要负责任，要尊重自己的主张，要用正当的方法来传播自己的主张。

第三，社会服务的生活。学生运动是学生对于社会国家的利害发生兴趣的表示，所以各处都有平民夜学，平民讲演的发起。我们希望今后的学生继续推广这种社会服务的事业。这种事业，一来是救国的根本办法，二来是学生的现力做得到的，三来可以发展学生自己的学问与才干，四来可以训练学生待人接物的经验。我们希望学生注意以下几点：

（1）平民夜校。注重本地的需要，介绍卫生的常识，职业的常识，和公民的常识。

（2）通俗讲演。现在那些"同胞快醒，国要亡了"，"杀卖国贼"，"爱国是人生的义务"等等空话的讲演，是不能持久的，说了两三遍就没有用了。我们希望学生注重科学常识的讲演。改良风俗的讲演。破除迷信的讲演。譬如你今天演说"下雨"，你不能不先研究雨是怎样来的，何以从天上下来；听的人也可以因此知道雨不是龙王菩萨洒下来的，也可以知道雨不是道士和尚求得下来的。又如你明天演说"种田何以须用石灰作肥料"，你就不能不研究石灰的化学性，听的人也可以因此知道肥料的道理。这种讲演，不但于人有益，于自己也极有益。

（3）破除迷信的事业。我们希望学生不但用科学的道理来解释本地的种种迷信，并且还要实行破除迷信的事业。如求神合婚、求仙言、放焰口、风水等等迷信，都该破除。学生不来破除迷信，迷信是永远不会破除的。

（4）改良风俗的事业。我们希望学生用力去做改良风俗的事业。譬如女子缠足的，现在各处多有。学生应该组织天足会，相戒不娶小脚的女子。不能解放你的姊妹的小脚，他就不配谈"女子解放"。又如鸦片烟与吗啡，现在各处仍旧很销行，学生应该组织调查队、侦探队，或报告官府，或自动地去捣毁烟间与吗啡店。你不能干涉你村上的鸦片、吗啡，你也不配干预国家的大事。

以上说的是我们对于学生的希望。

学生运动已发生了，是青年一种活动力的表现，是一种好现象，决不能压下去的；也决不可把它压下去的。我们对于办教育的人的忠告是："不要梦想压制学生运动；学潮的救济只有一个法子，就是引导学生向有益有用的路上去活动。"

学生运动现在四面都受攻击,"五四"的后援也没有了,"六三"的后援也没有了。我们对于学生的忠告是:"单靠用罢课作武装是下下策,可一而再再而三的么?学生运动如果要想保存'五四'和'六三'的荣誉,只有一个法子,就是改变活动的方向,把'五四'和'六三'的精神用到学校内外有益有用的学生活动上去。"

我们讲的话,是很直率,但这都是我们的老实话。

本文原载 1920年5月4日《晨报副刊》,又载于1920年5月《新教育》第2卷第5期

徐志摩

（1897年1月15日—1931年11月19日）

原名章垿，字槱森，留学美国时改名志摩。曾用过的笔名有南湖、诗哲、海谷、谷等。浙江海宁硖石（今嘉兴市海宁市硖石街道）人，中国现代诗人、作家、散文家、新月派诗人、新月诗社成员、景星学社社员。

1915年毕业于杭州一中，先后就读于上海沪江大学、天津北洋大学和北京大学。1918年赴美国克拉克大学学习银行学。十个月即告毕业，获学士学位，得一等荣誉奖。同年，转入纽约的哥伦比亚大学的研究院，进经济系。1921年赴英国留学，入剑桥大学当特别生，研究政治经济学。在剑桥两年深受西方教育的熏陶及欧美浪漫主义和唯美派诗人的影响，奠定其浪漫主义诗风。1923年成立新月社。1924年任北京大学教授。1926年任光华大学、大夏大学和南京大学教授。1930年辞去了上海和南京的职务，应胡适之邀，再度任北京大学教授，兼北京女子师范大学教授。

1931年11月19日，搭乘"济南号"邮政飞机北上，途中因大雾弥漫，飞机触山，不幸罹难。代表作品有《再别康桥》《翡冷翠的一夜》等。

这年头也不知怎的,笑自难得,哭也不得容易。

自剖

我是个好动的人：每回我身体行动的时候，我的思想也仿佛就跟着跳荡。我做的诗，不论它们是怎样的"无聊"，有不少是在行旅期中想起的。我爱动，爱看动的事物，爱活泼的人，爱水，爱空中的飞鸟，爱车窗外掣过的田野山水。星光的闪动，草叶上露珠的颤动，花须在微风中的摇动，雷雨时云空的变动，大海中波涛的汹涌，都是在触动我感兴的情景。是动，不论是什么性质，就是我的兴趣，我的灵感。是动就会催快我的呼吸，加添我的生命。

近来却大大的变样了。第一我自身的肢体，已不如原先灵活；我的心也同样的感受了不知是年岁还是什么拘絷。动的现象再不能给我欢喜，给我启示。先前我看着在阳光中闪烁的金波，就仿佛看见了神仙宫阙——什么荒诞美丽的幻觉，不在我的脑中一闪闪的掠过；现在不同了，阳光只是阳光，流波只是流波，任凭景色怎样的灿烂，再也照不化我的呆木的心灵。我的思想，如其偶尔有，也只似岩石上的藤萝，贴着枯干的粗糙的石面，极困难的蜒着；颜色是苍黑的，姿态是倔强的。

我自己也不懂得何以这变迁来得这样的兀突，这样的深彻。原先我在人前自觉竟是一注的流泉，在在有飞沫，在在有闪光；现在这泉眼，如其还在，仿佛是叫一块石板不留余隙的给镇住了。我再没有先前那样蓬勃的情趣，每回我想说话的时候，就觉着那石块的重压，怎么也掀不动，怎么也推不开，结果只能自安沉默！"你再不用想什么了，你再没有什么可想的了"；"你再不用开口了，你再没有什么话可说的了"，我常觉得我沉闷的心府里有这样半嘲讽半吊唁的谆嘱。

说来我思想上或经验上也并不曾经受什么过分剧烈的戟刺。我处境是向来顺的，现在，如其有不同，只是更顺了的。那么为什么这变迁？远的不说，就比如我年前到欧洲去时的心境：啊！我那时还不是一只初长毛角的野鹿？什么颜色不激动我的视觉，什么香味不奋兴我的嗅觉？我记得我在意大利写游记的时候，情绪是何等的活泼，兴趣何等的醇厚，一路来眼见耳听心感的种种，那一样不活栩栩的丛集在我的笔端，争求充分的表现！如今呢？我这次到南方去，来回也有一个多月的光景，这期内眼见耳听心感的事物也该有不少。我未动身前，又何尝不自喜此去又可以有机会饱餐西湖的风色，邓尉的梅香——单提一两件最合我脾胃的事。有好多朋友也曾期望我在这闲暇的假期中采集一点江南风趣，归来时，至少也该带回一两篇爽口的诗文，给在北京泥土的空气中活命的朋友们一些清醒的消遣。但在事实上不但在南方时我白瞪着大眼，看天亮换天昏，又闭上了眼，拼天昏换天亮，一枝秃笔跟着我涉海去，又跟着我涉海回来，正如岩洞里的一根石笋，压根儿就没一点摇动的消息；就在我回京后这十来天，任凭朋友们怎样的催促，自己良心怎样的责备，我的笔尖上还是滴不出一点墨渖来，我也曾勉强想想，勉强想写，但到底还是白费！可怕是这心灵骤然的呆顿。完全死了不成？我自己的疑惑。

说来是时局也许有关系。我到京几天就逢着空前的血案。五卅事件发生时我正在意大利山中，采茉莉花编花篮儿玩，翡冷翠山中只见明星与流萤的交唤，花香与山色的温存，俗氛是吹不到的。直到七月间到了伦敦，我才理会国内风光的惨淡，等到我赶回来时，设想中的激昂，又早变成了明日黄花，看得见的痕迹只有满城黄墙上墨彩斑斓的"泣告"！

  这回却不同，屠杀的事实不仅是在我住的城子里发见，我有时竟觉得是我自己的灵府里的一个惨象。杀死的不仅是青年们的生命，我自己的思想也仿佛遭着了致命的打击，比是国务院前的断胫残肢，再也不能回复生动与连贯。但这深刻的难受在我是无名的，是不能完全解释的。这回事变的奇惨性引起愤慨与悲切是一件事，但同时我们也知道在这根本起变态作用的社会里，什么怪诞的情形都是可能的。屠杀无辜，远不是年来最平常的现象。自从内战纠结以来，在受战祸的区域内，那一处村落不曾分到过遭奸污的女性，屠残的骨肉，供牺牲的生命财产？这无非是给冤氛团结的地面上多添一团更集中更鲜艳的怨毒。再说那一个民族的解放史能不浓浓的染 Martyrs 的腔血？俄国革命的开幕就是二十年前冬宫的血景。只要我们有识力认定，有胆量实行，我们理想中的革命，这回羔羊的血就不会是白涂的。所以我个人的沉闷决不完全是这回惨案引起的感情作用。

  爱和平是我的生性。在怨毒，猜忌，残杀的空气中，我的神经每每感受一种不可名状的压迫。记得前年奉直战争时我过的那日子简直是一团黑漆，每晚更深时，独自抱着脑壳伏在书桌上受罪，仿佛整个时代的沉闷盖在我的头顶——直到写下了《毒药》那几首不成形的咒诅诗以后，我心头的紧张才渐渐的缓和下去。这回又有同样的情形；只觉着烦，只觉着闷，感想来时只是破碎，笔头只是笨滞。结果身体也不会畅，像是蜡油涂抹了全身毛窍似的难过，一天过去了又是一天，我这里又在重演更深独坐箍紧脑壳的姿势，窗外皎洁的月光，分明是在嘲讽我内心的枯窘！

不，我还得往更深处按。我不能叫这时局来替我思想骤然的呆顿负责，我得往我自己生活的底里找去。

平常有几种原因可以影响我们的心灵活动。实际生活的牵制可以劫去我们心灵所需要的闲暇，积成一种压迫。在某种热烈的想望不曾得满足时，我们感觉精神上的烦闷与焦躁，失望更是颠覆内心平行的一个大原因；较剧烈的种类可以麻痹我们的灵智，淹没我们的理性。但这些都合不上我的病源；因为我在实际生活里已经得到十分的幸运。我的潜在意思里，我敢说不该有什么压着的欲望在作怪。

但是在实际上反过来看，另有一种情形可以阻塞或是减少你心灵的活动。我们知道舒服，健康，幸福，是人生的目标，我们因此推想我们痛苦的起点是在望见那些目标而得不到的时候。我们常听人说"假如我像某人那样生活无忧我一定可以好好的做事，不比现在整天的精神全化在琐碎的烦恼上"。我们又听说"我不能做事就为身体太坏，若是精神来得，那就……"我们又常常设想幸福的境界，我们想"只要有一个意中人在跟前那我一定奋发，什么事做不到？"但是不，在事实上，舒服，健康，幸福，不但不一定是帮助或奖励心灵生活的条件，它们有时正得相反的效果。我们看不起有钱人，在社会上得意的人，肌肉过分发达的运动家，也正在此；至于年少人幻想中的美满幸福，我敢说等得当真有了红袖添香，你的书也就读不出所以然来，且不说什么在学问上或艺术上更认真的工作。

那末生活的满足是我的病源吗？

"在先前的日子，"一个真知我的朋友，就说，"正为是你生活不得平衡，正为你有欲望不得满足，你的压在内里的

Libido性格就形成一种升华的现象，结果你就借文学来发泄你生理上的郁结（你不常说你从事文学是一件不预期的事吗？）；这情形又容易在你的意识里形成一种虚幻的希望，因为你的写作得到一部分赞许，你就自以为确有相当创作的天赋以及独立思想的能力。但你只是自冤自，实在你并没有什么超人一等的天赋，你的设想多半是虚荣，你的以前的成绩只是升华的结果。所以现在等得你生活换了样，感情上有了安顿，你就发现你向来写作的来源顿呈萎缩甚至枯竭的现象；而你又不愿意承认这情形的实在，妄想到你身子以外去找你思想枯窘的原因，所以你就不由的感到深刻的烦闷。你只是对你自己生气，不甘心承认你自己的本相。不，你原来并没有三头六臂的！

"你对文艺并没有真兴趣，对学问并没有真热心。你本来没有什么更高的志愿，除了相当合理的生活，你只配安分做一个平常人，享你命里注定的'幸福'；在事业界，在文艺创作界，在学问界内，全没有你的位置，你真的没有那能耐。不信你只要自问在你心里的心里有没有那无形的'推力'，整天整夜的恼着你，逼着你，督着你，放开实际生活的全部，单望着不可捉摸的创作境界里去冒险？是的，顶明显的关键就是那无形的推力或是冲动（The Impulse），没有它人类就没有科学，没有文学，没有艺术，没有一切超越功利实用性质的创作。你知道在国外（国内当然也有，许没那样多）有多少人被这无形的推力驱使，在实际生活上变成一种离魂病性质的变态动物，不但人间所有的虚荣永远沾不上他们的思想，就连维持生命的睡眠饮食，在他们都失了重要，他们全部的心力只是在他们那无形的推力所指示的特殊方向上集中应用。怪不得有人说天才是疯癫，我们在巴黎、伦敦不就到处碰得着这类怪人？如其他是一个美术家，恼着他的就只怎样可以完全表现他那理想中的形体；一个线条的准确，某种色彩的调谐，在他会得比他生身父母的生死与国家的存亡更重要，更迫切，更要求注意。我们知道专门学者有终身掘坟墓的，研究蚊虫生理的，观察亿万万里外一个星的动定的。并且他们决不问社会对于他们的劳力有否任何的认识，那就是虚荣的进路；他们是被一点无形的推力的魔鬼蛊定了的。

"这是关于文艺创作的话。你自问有没有这种情形。你也许经验过什么'灵感'，那也许有，但你却不要把刹那误认作永久的，虚幻认作真实。至于说思想与真实学问的话，那也得背后有一种推力，方向许不同，性质还是不变。做学问你得有原动的好奇心，得有天然热情和态度去做求知识的工夫。真思想家的准备，除了特强的理智，还得有一种原动的信仰；信仰或寻求信仰，是一切思想的出发点，极端的怀疑派思想也只是期望重新位置信仰的一种努力。从古来没有一个思想家不是宗教性的。在他们，各按各的倾向，一切人生的和理智的问题是实在有的；神的有无，善与恶，本体问题，认识问题，意志自由问题，在他们看来都是含逼迫性的现象，要求合理的解答——比山岭的崇高，水的流动，爱的甜密更真，更实在，更耸动。他们的一点心灵，就永远在他们设想的一种或多种问题的周围飞舞、旋绕，正如灯蛾之于火焰：牺牲自身来贯彻火焰中心的秘密，是他们共有的决心。

"这种惨烈的情形，你怕也没有吧？我不说你的心幕上就没有思想的影子；但它们怕只是虚影，像水面上的云影，云过影子就跟着消散，不是石上的溜痕越日久越深刻。

"这样说下来，你倒可以安心了！因为个人最大的悲剧是设想一个虚无的境界来谎骗你自己；骗不到底的时候你就得忍受'幻灭'的莫大的苦痛。与其那样，还不如及早认清自己的深浅，不要把不必要的负担，放上支撑不住的肩背，压坏你自己，还难免旁人的笑话！朋友，不要迷了，定下心来享你现成的福分吧；思想不是你的分，文艺创作不是你的分，独立的事业更不是你的分！天生扛了重担来的那也没法想。（那一个天才不是活受罪！）你是原来轻松的，这是多可羡慕，多可贺喜的一个发见！算了吧，朋友！"

一九二六年三月二十五至四月一日

再剖

你们知道喝醉了想吐吐不出或是吐不爽快的难受不是？这就是我现在的苦恼；肠胃里一阵阵的作恶，腥腻从食道里往上泛，但这喉关偏跟你别扭，它捏住你，逼住你，逗着你——不，它且不给你痛快哪！前天那篇《自剖》，就比是哇出来的几口苦水，过后只是更难受，更觉着往上冒。我告诉你我想要怎么样。我要孤寂：要一个静极了的地方——森林的中心，山洞里，牢狱的暗室里——再没有外界的影响来逼迫或引诱你的分心，再不须计较旁人的意见，喝采或是嘲笑；当前惟一的对象是你自己：你的思想，你的感情，你的本性。那时它们再不会躲避，不会隐遁，不会装作；赤裸裸的听凭你察看，检验，审问。你可以放胆解去你最后的一缕遮盖，袒露你最自怜的创伤，最掩讳的私亵。那才是你痛快一吐的机会。

但我现在的生活情形不容我有那样一个时机。白天太忙（在人前一个人的灵性永远是缩在壳内的蜗牛），到夜间，比如此刻，静是静了，人可又倦了，惦着明天的事情又不得不早些休息。啊，我真羡慕我台上放着那块唐砖上的佛像，他在他的莲台上瞑目坐着，什么都摇不动他那入定的圆澄。我们只是在烦恼网里过日子的众生，怎敢企望那光明无碍的境界！有鞭子下来，我们躲；见好吃的，我们垂涎；听声响，我们着忙；逢着痛痒，我们着恼。我们是鼠，是狗，是刺猬，是天上星星与地上泥土间爬着的虫。那里有工夫，即使你有心想亲近你自己？那里有机会，即使你想痛快的一吐？

前几天也不知无形中经过几度挣扎，才呕出那几口苦水，这在我虽则难受还是照旧，但多少总算是发泄。事后我私下觉着愧悔。因为我不该拿我一己苦闷的骨鲠，强读者们陪着我吞咽。是苦水就不免薰蒸的恶味。我承认这完全是我自私的行为，不敢望恕的。我惟一的解嘲是这几口苦水的确是从我自己的肠胃里呕出——不是去脏水桶里舀来的。我不曾期望同情，我只要朋友们认识我的深浅——（我的浅？）我最怕朋友们的容宠容易形成一种虚拟的期望；我这操刀自剖的一个目的，就在及早解卸我本不该扛上的担负。

是的，我还得往底里按，往更深处剖。

最初我来编辑副刊，我有一个愿心，我想把我自己整个儿交给能容纳我的读者们，我心目中的读者们，说实话，就只这时代的青年。我觉着只有青年们的心窝里有容我的空隙，我要偎着他们的热血，听他们的脉搏。我要在我自己的情感里发见他们的情感，在我自己的思想里反映他们的思想。假如编辑的意义只是选稿，配版，付印，拉稿，那还不如去做银行的伙计——有出息得多。我接受编辑《晨报副刊》的机会，就为这不单是机械性的一种任务。（感谢《晨报》主人的信任与容忍，）《晨报》变了我的喇叭，从这管口里我有自由吹弄我古怪的不调谐的音调。它是我的镜子，在这平面上描画出我古怪的不调谐的形状。我也决不掩讳我的原形：我就是我。记得我第一次与读者们相见，就是一篇供状。我的经过，我的深浅，我的偏见，我的希望，我都曾经再三的声明，怕是你们早听厌了。但初起我的一种期望是真的——期望我自己。也不知那时间为什么原因我竟有那活灵灵的一副勇气。我宣言我自己跳进了这现实的世界，存心想来对准人生的面目认他一个仔细。我信我自己的热心（不是知识）多少可以给我一些对敌力量的。

我想拼这一天，把我的血肉与灵魂，放进这现实世界的磨盘里去捱，锯齿下去拉——我就要尝那味儿！只有这样，我想，才可以期望我主办的刊物多少是一个有生命气息的东西；才可以期望在作者与读者间发生一种活的关系；才可以期望读者们觉着这一长条报纸与黑的字印的背后，的确至少有一个活着的人与一颗动着的心，他的把握是在你的腕上，他的呼吸吹在你的脸上，他的欢喜，他的惆怅，他的迷惑，他的伤悲，就比是你自己的，的确是从一个可认识的主体上发出来的变化——是站在台上人的姿态——不是投射在白幕上的虚影。

并且我当初也并不是没有我的信念与理想。有我崇拜的德性，有我信仰的原则，有我爱护的事物，也有我痛疾的事物。往理性的方向走，往爱心与同情的方向走，往光明的方向走，往真的方向走，往健康快乐的方向走，往生命，更多更大更高的生命方向走——这是我那时的一点"赤子之心"。我恨的是这时代的病象，什么都是病象：猜忌，诡诈，小巧，倾轧，挑拨，残杀，互杀，自杀，忧愁，作伪，肮脏。我不是医生，不会治病；我就有一双手，趁它们活灵的时候，我想，或许可以替这时代打开几扇窗，多少让空气流通些，浊的毒性的出去，清醒的洁净的进来。

但紧接着我的狂妄的招摇，我最敬畏的一个前辈（看了我的《吊刘叔和》文）就给我当头一棒：——

……既立意来办报而且郑重宣言"决意改变我对人的态度"，那么自己的思想就得先磨冶一番。不能单凭主觉，随便说了就算完事。迎上前去，不要又退了回来！一时的兴奋，是无用的，说话越觉得响亮起劲，跳踯有力，其实即是内心的虚弱，何况说出衰颓懊丧的语气，教一般青年看了，更给他们以可怕的影响，似乎不是志摩这番挺身出马的本意！……

迎上前去，不要又退了回来！这一喝这几个月来就没有一天不在我"虚弱的内心"里回响。实际上自从我喊出"迎上前去"以后，即使不曾撑开了往后退，至少我自己觉不得我的脚步曾经向前挪动。今天我再不能容我自己这梦梦的下去。算清亏欠，在还算得清的时候，总比窝着浑着强。我不能不自剖。冒着"说出衰颓懊丧的语气"的危险，我不能不利用这反省的锋刃，劈去纠着我心身的累赘淤积，或许这来倒有自我真得解放的希望！

想来这做人真是奥妙，我信我们的生活至少是复性的。看得见，觉得着的生活是我们的显明的生活，但同时另有一种生活，跟着知识的开豁逐渐胚胎，成形，活动，最后支配前一种的生活，比是我们投在地上的身影，跟着光亮的增加渐渐由模糊化成清晰，形体是不可捉的，但它自有它的奥妙的存在，你动它跟着动，你不动它跟着不动。在实际生活的匆遽中，我们不易辨认另一种无形的生活的并存。正如我们在阴地里不见我们的影子；但到了某时候某境地忽的发见了它，不容否认的踵接着你的脚跟，比如你晚间步月时发见你自己的身影。它是你的性灵的或精神的生活。你觉到你有超实际生活的性灵生活的俄顷，是你一生的一个大关键！你许到极迟才觉悟（有人一辈子不得机会），但你实际生活中的经验，动作，思想，没有一丝一屑不同时在你那跟着长成的性灵生活中留着"对号的存根"，正如你的影子不放过你的一举一动，虽则你不注意到或看不见。

我这时候就比是一个人初次发见他有影子的情形。惊骇，讶异，迷惑，耸悚，猜疑，恍惚同时并起，在这辨认你自身另有一个存在的时候，我这辈子只是在生活的道上盲目的前冲，一时踹入一个泥潭，一时踏折一只草花，只是这无目的的奔驰；从那里来，向那里去，现在在那里，该怎么走，这些根本的问题却从不曾到我的心上。但这时候突然的，恍然的我惊觉了。仿佛是一向跟着我形体奔波的影子忽然阻住了我的前路，责问我这匆匆的究竟是为什么！

　　一称新意识的诞生。这来我再不能盲冲，我至少得认明来踪与去迹，该怎样走法如其有目的地，该怎样准备如其前程还在遥远？

　　阿，我何尝愿意吞这果子，早知有这多的麻烦！现在我第一要考查明白的是这"我"究竟是怎么一回事；然后再决定掉落在这生活道上的"我"的赶路方法。以前种种动作是没有这新意识作主宰的；此后，什么都得由它。

一九二六年四月五日作

吊刘叔和

一向我的书桌上是不放相片的。这一月来有了两张,正对我的坐位,每晚更深时就只他们俩看着我写,伴着我想。院子里偶尔听着一声清脆,有时是虫,有时是风卷败叶,有时,我想象,是我们亲爱的故世人从坟墓的那一边吹过来的消息。

伴着我的一个是小,一个是"老":小的就是我那三月间死在柏林的彼得,老的是我们钟爱的刘叔和,"老老"。彼得坐在他的小皮椅上,抿紧着他的小口,圆睁着一双秀眼,仿佛性急要妈拿糖给他吃,多活灵的神情!但在他右肩空白上分明题着这几行小字:"我的小彼得,你在时我没福见你,但你这可爱的遗影应该可以伴我终身了。"老老是新长上几根看得见的上唇须在他那件常穿的缎褂里欠身坐着,严正在他的眼内,和蔼在他的口颔间。

让我来看。有一天我邀他吃饭,他来电说病了不能来,顺便在电话中他说起我的彼得。(在襁褓时的彼得,叔和在柏林也曾见过。)他说我那篇悼儿文做得不坏;有人素来看不起我的笔墨的,他说,这回也相当的赞许了。我此时还分明记得他那天通电时着了寒发沙的嗓音!我当时回他说多谢你们夸奖,但我却觉得凄惨,因为我同时不能忘记那篇文字的代价,是我自己的爱儿。过了几天适之来说:"老老病了,并且他那病相不好,方才我去看他,他说适之我的日子已经是可数的了。"他那时住在皮宗石家里。我最后见他的一次,他已在医院里。他那神色真是不好,我出来就对人讲,他的病中医叫做湿瘟,并且我分明认得它,他那眼内的钝光,面上的涩色,一年前我那表兄沈叔薇弥留时我曾经见过——可怕的认识，这侵蚀生命的病征。可怜少鳏的老老，这时候病榻前竟没有温存的看护；我与他说笑："至少在病苦中有妻子毕竟强似没妻子，老老，你不懊丧续弦不及早吗？"那天我喂了他一餐，他实在是动挥不得；但我向他道别的时候，我真为他那无告的情形不忍。（在客地的单身朋友们，这是一个切题的教训，快些成家，不要过于挑剔了吧；你放平在病榻上时才知道没有妻子的悲惨！——到那时，比如叔和，可就太晚了。）

　　叔和没了。但为你，叔和，我却不曾掉泪。这年头也不知怎的，笑自难得，哭也不得容易。你的死当然是我们的悲痛，但转念这世上惨淡的生活其实是无可沾恋，趁早隐了去，谁说一定不是可羡慕的幸运？况且近年来我已经见惯了死，我再也不觉着它的可怕。可怕是这烦嚣的尘世：蛇蝎在我们的脚下，鬼祟在市街上，霹雳在我们的头顶，噩梦在我们的周遭。在这伟大的迷阵中，最难得的是遗忘；只有在简短的遗忘时，我们才有机会恢复呼吸的自由与心神的愉快。谁说死不就是个悠久的遗忘的境界？谁说墓窟不就是真解放的进门？

　　但是随你怎样看法，这生死间的隔绝，终究是个无可奈何的事实，死去的不能复活，活着的不能到坟墓的那一边去探望。到绝海里去探险我们得合伙，在大漠里游行我们得结伴；我们到世上来做人，归根说，还不只是惴惴的来寻访几个可以共患难的朋友，这人生有时比绝海更凶险，比大漠更荒凉，要不是这点子友人的同情我第一个就不敢向前迈步了。叔和真是我们的一个。他的性情是不可信的温和："顶好说话的老老"；但他每当论事，却又绝对的不苟同，他的议论，在他起劲时，就比如山壑间雨后的乱泉，石块压不住它，蔓草掩不住它。谁不记得他那永远带伤风的嗓音,他那永远不平衡的肩背,他那怪样的激昂的神情?通伯在他那篇《刘叔和》里说起当初在海外老老与傅孟真的豪辩,有时竟连"呐呐不多言"的他,也"免不了加入他们的战队"。这三位衣常敝,履无不穿的"大贤"在伦敦东南隅的陋巷,点煤气油灯的斗室里,真不知有多少次借光柏拉图与卢骚与斯宾塞的迷力,欺骗他们告空虚的肠胃——至少在这一点他们三位是一致同意的!但通伯却忘了告诉我们他自己每回加入战团时的特别情态,我想我应得替他补白。我方才用乱泉比老老,但我应得说他是一窜野火,焰头是斜着去的;傅孟真,不用说,更是一窜野火,更猖獗,焰头是斜着来的;这一去一来就发生了不得开交的冲突。在他们最不得开交时,劈头下去了一剪冷水,两窜野火都吃了惊,暂时翳了回去。那一剪冷水就是通伯;他是出名浇冷水的圣手。

啊,那些过去的日子!枕上的梦痕,秋雾里的远山。我此时又想起初渡太平洋与大西洋时的情景了。我与叔和同船到美国,那时还不熟;后来同在纽约一年差不多每天会面的,但最不可忘的是我与他同渡大西洋的日子。那时我正迷上尼采,开口就是那一套沾血腥的字句。

我仿佛跟着查拉图斯脱拉登上了哲理的山峰,高空的清气在我的肺里,杂色的人生横亘在我的眼下。船过必司该海湾的那天,天时骤然起了变化:岩片似的黑云一层层累叠在船的头顶,不漏一丝天光,海也整个翻了,这里一座高山,那边一个深谷,上腾的浪尖与下垂的云爪相互的纠拿着;风是从船的侧面来的,夹着铁梗似粗的暴雨,船身左右侧的倾欹着。这时候我与叔和在水发的甲板上往来的走——哪里是走,简直是滚,多强烈的震动!霎时间雷电也来了,铁青的云板里飞舞着万道金蛇。涛响与雷声震成了一片喧阗，大西洋险恶的威严在这风暴中尽情的披露了。"人生"，我当时指给叔和说，"有时还不止这凶险，我们有胆量进去吗？"那天的情景益发激动了我们的谈兴，从风起直到风定，从下午直到深夜，我分明记得，我们俩在沉酣的论辩中遗忘了一切。

今天国内的状况不又是一幅大西洋的天变？我们有胆量进去吗？难得是少数能共患难的旅伴；叔和，你是我们的一个，如何你等不得浪静就与我们永别了？叔和，说他的体气，早就是一个弱者；但如其一个不坚强的体壳可以包容一团坚强的精神，叔和就是一个例。叔和生前没有仇人，他不能有仇人；但他自有他不能容忍的物件：他恨混淆的思想，他恨腌臜的人事。

他不轻易斗争，但等他认定了对敌出手时，他是最后回头的一个。叔和，我今天又上了风雨中的甲板，我不能不悼惜我侣伴的空位！

（十月十五日）

青年运动

我这几天是一个活现的 Don Quixote（唐吉坷德），虽则前胸不曾装起护心镜，头顶不曾插上雉鸡毛，我的一顶阔边的"面盆帽"，与一根漆黑铄亮的手棍，乡下人看了已经觉得新奇可笑；我也有我的 Sancho Panza（桑丘·潘沙），他是一个角色，会憨笑，会说疯话，会赌咒，会爬树，会爬绝壁，会背《大学》，会骑牛，每回一到了乡下或山上，他就卖弄他的可惊的学问，他什么树都认识，什么草都有名儿。种稻种豆，养蚕栽桑，更不用说，他全知道，一讲着就乐，一乐就开讲，一开讲就像他们田里的瓜蔓，又细又长又曲折又绵延（他姓陆名字叫炳生或是丙申，但是人家都叫他鲁滨逊）；这几天我到四乡去冒险，前面是我，后面就是他，我折了花枝，采了红叶，或是捡了石块（我们山上有浮石，掷在水里会浮的石块，你说奇不奇！）就让他扛着，问路是他的份儿，他叫一声大叔，乡下人谁都愿意与他答话；轰狗也是他的份儿，到乡下去最怕是狗，它们全是不躲懒的保卫团，一见穿大褂子的它们就起疑心，迎着你噪还算是文明的盘问，顶英雄的满不开口望着你的身上直攻，那才麻烦。但是他有办法，他会念降狗咒，据他说一念狗子就丧胆，事实上并不见得灵验，或许狗子有秘密的破法也说不定，所以每回见了劲敌，他也免不了慌忙，他的长处就在与狗子对噪，或是对骂，居然有的是王郎种，有时他骂上了劲，狗子倒软化了。但是我终不成，望见了狗影子就心虚，我是淝水战后的苻坚，稻草藤儿、竹篱笆，就够我的恐慌，有时我也学 Don Quixote 那劲儿，舞起我手里的梨花棒，喝一声孽畜好大胆,看棒!果然有几处大难让我顶潇洒的蒙过了。

我相信我们平常的脸子都是太像骡子——拉得太长;忧愁,想望,计算,猜忌,怨恨,懊怅,怕惧,都像魔魔似的压在我们原来活泼自然的心灵上,我们在人丛中的笑脸大半是装的,笑响大半是空的,这真是何苦来。所以每回我们脱离了烦恼打底的生活,接近了自然,对着那宽阔的天空,活动的流水,我们就觉得轻松得多,舒服得多。每回我见路旁的息凉亭中,挑重担的乡下人,放下他的担子,坐在石凳上,从腰包里掏出火刀、火石来,打出几簇火星,点旺一杆老烟,绿田里豆苗香的风一阵阵的吹过来,吹散他的烟氛,也吹燥了他眉额间的汗渍;我就感想到大自然调剂人生的影响;我自己就不知道曾经有多少自杀类的思想,消灭在青天里,白云间,或是像挑担人的热汗,都让凉风吹散了。这是大家都承认的,但实际没有这样容易。即使你有机会在息凉亭子里抽一杆潮烟,你抽完了烟,重担子还是要挑的,前面谁也不知道还有多少路,谁也不知道还有没有现成的息凉亭子,也许走不到第二个凉亭,你的精力已经到了止境,同时担子的重量是刻刻加增的,你那时再懊悔你当初不应该尝试这样压得死人的一个负担,也就太迟了!

我这一时在乡下,时常揣摩农民的生活,他们表面看来虽则是继续的劳瘁,但内里却有一种涵蓄的乐趣,生活是原始的,朴素的,但这原始性就是他们的健康,朴素是他们幸福的保障,现代所谓文明人的文明与他们隔着一个不相传达的气圈,我们的争竞、烦恼、问题、消耗,等等,他们梦里也不曾做着过,我们的堕落、隐疾、罪恶、危险,等等,他们听了也是不了解的,像是听一个外国人的谈话。上帝保佑世上再没有懵懂的呆子想去改良，救渡，教育他们，那是间接的摧残他们的平安，扰乱他们的平衡，抑塞他们的生机！

需要改良与教育与救渡的是我们过分文明的文明人，不是他们。需要急救，也需要根本调理的是我们的文明，二十世纪的文明，不是洪荒太古的风俗，人生从没有受过现代这样普遍的咒诅，从不曾经历过现代这样荒凉的恐怖，从不曾尝味过现代这样恶毒的痛苦，从不曾发现过现代这样的厌世与怀疑。这是一个重候，医生说的。

人生真是变了一个压得死人的负担，习惯与良心冲突，责任与个性冲突，教育与本能冲突，肉体与灵魂冲突，现实与理想冲突，此外社会、政治、宗教、道德、买卖、外交，都只是混沌，更不必说。这分明不是一块青天，一阵凉风，一流清水，或是几片白云的影响所能治疗与调剂的；更不是宗教式的训道，教育式的讲演，政治式的宣传所能补救与济渡的。我们在这促狭的芜秽的狴犴中，也许有时望得见一两丝的阳光，或是像拜伦在 Chilion（夏兰）那首诗里描写的，听着清新的鸟歌；但这是嘲讽，不是慰安，是丹得拉士（Tantalus）的苦痛，不是上帝的恩宠；人生不一定是苦恼的地狱。我们的是例外的例外。在葡萄丛中高歌欢舞的一种提昂尼辛的癫狂（Dionysian madness），已经在时间的灰烬里埋着，真生命活泼的血液的循环，已经被文明的毒质瘀住，我们仿佛是孤儿在黑夜的森林里呼号生身的爹娘，光明与安慰都没有丝毫的踪迹，所以我们要求的——如其我们还有胆气来要求——决不是部分的，片面的补苴。决不是消极的慰藉，决不是恇夫的改革，决不是傀儡的把戏……我们要求的是，"彻底的来过"；我们要为我们新的洁净的灵魂造一个新的洁净的躯体，要为我们新的洁净的躯体造一个新的洁净的灵魂;我们也要为这新的洁净的灵魂与肉体造一个新的洁净的生活——我们要求一个"完全的再生"。

我们不承认已成的一切,不承认一切的现实;不承认现有的社会、政治、法律、家庭、宗教、娱乐、教育;不承认一切的主权与势力。我们要一切都重新来过:不是在书桌上治理国家,或是在空枵的理论上重估价值,我们是要在生活上实行重新来过,我们是要回到自然的胎宫里去重新吸收一番滋养,但我们说不承认已成的一切是不受一切的束缚的意思,并不是与现实宣战,那是最不经济也太琐碎的办法;我们相信无限的青天与广大的山林尽有我们青年男女翱翔自在的地域;我们不是要求篡取已成的世界,那是我们认为不可医治的。我们也不是想来试验新村或新社会,预备感化或是替旧社会做改良标本,那是十九世纪的迂儒的梦想,我们也不打算进去空费时间的;并且那是训练童子军的性质,牺牲了多数人供一个人的幻想的试验的。我们的如其是一个运动,这决不是为青年的运动,而是青年自动的运动,青年自己的运动,只是一个自寻救渡的运动。

你说什么,朋友,这就是怪诞的幻想,荒谬的梦不是?不错,这也许是现代青年反抗物质文明的理想,而且我说多数的青年在理论上多表同情的;但是不忙,朋友,现有一个实例,我要顺便说给你听听——如其你有耐心。

十一年前一个冬天在德国汉奴佛(Hanover)相近一个地方,叫做Cassel(卡塞尔),有二千多人开了一个大会,讨论他们运动的宗旨与对社会、政治、宗教问题的态度,自从那次大会以后这运动的势力逐渐壮大,现在已经有一百多万的青年男女加入——这就叫做Jegendbewegung"青年运动",虽则德国以外很少人明白他们的性质,我想这不仅是德国人,也许是全欧洲的一个新生机。我们应得特别的注意。"西方文明的堕落只有一法可以挽救,就在继起的时代产生新的精神与生命的势力。"这是福士德博士说的话,他是这青年运动里的一个领袖,他著一本书叫做 *Jugendseele*,专论这运动的。

现在德国乡间常有一大群的少年男子与女子,排着队伍,弹着六弦琵琶唱歌,他们从这一镇游行到那一镇,晚上就唱歌跳舞来交换他们的住宿,他们就是青年运动的游行队,外国人见了只当是童子军性质的组织,或是一种新式的吉婆西(Gipsy),但这是仅见外表的话。

德国的青年运动是健康的年轻男女反抗现代的堕落与物质主义的革命运动,初起只是反抗家庭与学校的专权,但以后取得更哲理的涵义,更扩大反叛的范围,简直冲破了一切人为的限制,要赤裸裸的造成一种新生活。最初发起的是加尔菲暄(Karl Fischer of Steglitz),但不久便野火似的烧了开去,现在单是杂志已有十多种,最初出的叫作 *Wandervogel*。

这运动最主要的意义,是要青年人在生命里寻得一个精神的中心(the spiritual center of life),一九一三年大会的铭语是"救渡在于自己教育"(Salvation lie sin Self-Education)。"让我们重新做人。让我们脱离狭窄的腐败的政治组织。让我们抛弃近代科学专门的物质主义的小径,让我们抛弃无灵魂的知识钻研。让我们重新做活着的男子与女子。"他们并没有改良什么的方案,他们禁止一切有具体目的的运动;他们代表一种新发现的思路,他们旨意在于规复人生原有的精神的价值。"我们的大旨是在离却堕落的文明,回向自然的单纯,离却一切的外骛,回向内心的自由,离却空虚的娱乐,回向真纯的欢欣,离却自私主义，回向友爱的精神，离却一切懈弛的行为，回向郑重的自我的实现。我们寻求我们灵魂的安顿，要不愧于上帝，不愧于己，不愧于人，不愧于自然。""我们即使存心救世，我们也得自己重新做人。"

这运动最显著亦最可惊的结果是确实的产生了真的新青年，在人群中很容易指出，他们显示一种生存的欢欣，自然的热心，爱自然与朴素，爱田野生活。他们不饮酒（德国人原来差不多没有不饮酒的），不吸烟，不沾城市的恶习。他们的娱乐是弹着琵琶或是拉着梵和玲唱歌，踏步游行跳舞或集会讨论宗教与哲理问题。跳舞最是他们的特色。往往有大群的游行队，徒步游历全省，到处歌舞，有时也邀本地人参加同乐——他们复活了可赞美的提昂尼辛的精神！

这样伟大的运动不能不说是这魆魆的世界里的一泻清辉，不能不说是对现代苟且的厌世的生活（你们不曾到过柏林与维也纳的不易想象）一个庄严的警告，不能不说是旧式社会已经蛀烂的根上重新爆出来的新生机，新萌芽；不能不说是全人类理想的青年的一个安慰，一个兴奋，为他们开辟了一条新鲜的愉快的路径；不能不说是一个新的洁净的人生观的产生。我们要知道在德国有几十万的青年男女，原来似乎命定做机械性的社会的终身奴隶，现在却做了大自然的宠儿，在宽广的天地间感觉新鲜的生命的跳动，原来只是屈伏在蠢拙的家庭与教育的桎梏下，现在却从自然与生活本体接受直接的灵感，像小鹿似的活泼，野鸟似的欢欣，自然的教训是洁净与朴素与率真，这真是近代文明最缺乏的原素，他们不仅开发了各个人的个性，他们也恢复了德意志民族的古风，在他们的歌曲、舞蹈、游戏、故事与礼貌中，在青年们的性灵中，古德意志的优美，自然的精神又取得了真纯的解释与标准。所以城市的生活的堕落，淫纵，耗费，奢侈，饰伪，以及危险与恐怖，不论他们传染性怎样的剧烈，再也沾不着洁净的青年，道德家与宗教家的教训只是消极的勉强的，他们的觉悟是自动的，自然的，根本的；这运动也产生了一种真纯的友爱的情谊，在年轻的男子女子间，一种新来的大同的情感，不是原因于主义的刺激或党规的强迫，而是健康的生活里自然流露的乳酪，洁净是他们的生活的纤维，愉快是营养。

我这一直的感想写完了，从我自己的野游蔓延到德国的青年运动，我想我再没有加案语的必要，我只要重复一句滥语——民族的希望就在自觉的青年。

（志摩，正月二十四日）

"话"（2）

　　理想就是我们的信仰，努力的标准，果然我们能运用想象力为我们自己悬拟一个理想的人格，同时运用理智的机能，认定了目标努力去实现那理想，那时我们奋斗的历程中，一定可以得到加倍的勇气，遇见了困难，也不至于失望，因为明知是题中应有的文章。我们的立身行事，也不必迁就社会已成的习惯与法律的范围，而自能折中于超出寻常所谓善恶的一种更高的道德标准；我们那时便可以借用李太白当时躲在山里自得其乐时答复俗客的妙句，落花流水杳然去，别有天地非人间！

　　我们也明知这不是可以偶然做到的境界；但问题是在我们能否见到这境界，大多数人只是不黑不白的生，不黑不白的死，耗费了不少的食料与饮料，耗费了不少的时间与空间，结果连自己的臭皮囊都收拾不了，还要连累旁人；能见到的人已经很少，见到而能尽力去做的人当然更少，但这极少数人却是文化的创造者，便能在梁任公先生说的那把宜兴茶壶里留下一些不磨的痕迹。

　　我个人也许见言太偏僻了，但我实在不敢信人为的教育，他动的训练，能有多大价值；我最初最后的一句话只是"自身体验去"，真学问、真知识决不是在教室中书本你所能求得的。

　　大自然才是一大本绝妙的奇书，每张上都写有无穷无尽的意义，我们只要学会了研究这一大本书的方法，多少能够了解他内容的奥义，我们的精神生活就不怕没有滋养，我们理想的人格就不怕没有基础。但这本无字的天书，决不是没有相当的准备就能一目了然的；我们初识字的时候，打开书本子来，只见白纸上书的许多黑影,哪里懂得什么意义。我们现有的道德教育里那一条训条,我们不能在自然界感到更深切的意味,更亲切的解释?每天太阳从东方的地平上升,渐渐的放光,渐渐的放彩,渐渐的驱散了黑夜,扫荡了满天沉闷的云雾,霎刻间临照四方,光满大地;这是何等的景象?夏夜的星空,张着无量数光芒闪烁的神眼,衬出浩渺无极的苍穹,这是何等的伟大景象?大海的涛声不住的在呼啸起落,这是何等伟大奥妙的景象?高山顶上一体的纯白,不见一些杂色,只有天气飞舞着,云彩变幻着,这又是何等高尚纯粹的景象?小而言之,就是地上一棵极贱的草花,他在春风与艳阳中摇曳着,自有一种庄严愉快的神情,无怪诗人见了,甚至内感"非涕泪所能宣泄的情绪"。宛茨渥士说的自然"大力回容,有镇驯矫饬之功",这是我们的真教育。但自然最大的教训,尤在"凡物各尽其性"的现象。玫瑰是玫瑰,海棠是海棠,鱼是鱼,鸟是鸟,野草是野草,流水是流水;各有各的特性,各有各的效用,各有各的意义。仔细的观察与悉心体会的结果,不由你不感觉万物造作之神奇,不由你不相信万物的底里是有一致的精神流贯其间,宇宙是合理的组织,人生也无非这大系统的一个关节。因此我们也感想到人类也许是最无出息的一类。一茎草有它的妩媚,一块石子也有它的特点,独有人反只是庸生庸死,大多数非但终身不能发挥他们可能的个性,而且遗下或是丑陋或是罪恶一类不洁净的踪迹,这难道也是造物主的本意吗?

我前面说过所有的生命只是个性的表现,只要在有生的期间内,将天赋可能的个性尽量的实现,就是造化旨意的完成。我这几天在留心我们馆里的月季花,看它们结苞,看它们开放,看它们逐渐的盛开,看它们逐渐的憔悴,逐渐的零落。我初动的感情觉得是可悲，何以美的幻象这样的易灭，但转念却觉得不但不必为花悲，而且感悟了自然生生不已的妙意。花的责任，就在集中它春来所吸受阳光雨露的精神，开成色香两绝的好花，精力完了便自落地成泥，圆满功德，明年再来过。只有不自然的被摧残了，不能实现它自傲色香的一两天，那才是可伤的耗费。

不自然的杀灭了发长的机会，才是可惜，才是违反天意。我们青年人应该时时刻刻地把这个原则放在心里，不能在我生命实现人之所以为人，我对不起自己。在为人的生活里不能实现我之所以为我，我对不起生命；这个原则我们也应该时时放在心里。

我们人类最大的幸福与权力，就是在生活里有相当的自由活动，我们可以自觉的调剂，整理，修饰，训练我们生活的态度，我们既然了解了生活只是个性的表现，只是一种艺术，就应得利用这一点特权将生活看作艺术品，谨慎小心的做去，命运论我们是不相信的，但就是相面算命先生也还承认心有改相致命的力量。环境论的一部分我们不得不承认，但是心灵支配环境的可能，至少也与环境支配生活的可能相等，除非我们自愿让物质的势力整个儿扑灭了心灵的发展，那才是生活里最大的悲惨。

我们的一生不成材不碍事，材是有用的意思；不成器也不碍事，器也是有用的意思。生活却不可不成品，不成格，品格就是个性的外现，是对于生命本体，不是对于其余的标准，例如社会家庭——直接担负的责任；橡树不是榆树，翠鸟不是鸽子，各有各的特异的品格。在造化的观点看来，橡树不是为柜子衣架而生，鸽子也不是为我们爱吃五香鸽子而存，这是他们偶然的用或被利用,物之所以为物的本义是在实现他天赋的品性,实现内部精力所要求的特异的格调。我们生命里所包涵的活力,也不问你在世上做将,做相,做资本家,做劳动者,做国会议员,做大学教授,而只要求一种特异品格的表现,独一的,自成一体的,不可以第二类相比称的,犹之一树上没有两张绝对相同的叶子,我们四百万万人里也没有两个相同的鼻子。

　　而要实现我们真纯的个性,决不是仅仅在外表的行为上务为新奇务为怪僻——这是变性不是个性——真纯的个性是心灵的权力能够统制与调和身体,理智,情感,精神,种种造成人格的机能以后自然流露的状态,在内不受外物的障碍,像分光镜似的灵敏,不论是地下的泥砂,不论是远在万万里外的星辰,只要光路一对准,就能分出他光浪的特性;一次经验便是一次发明,因为是新的结合,新的变化。有了这样的内心生活,发之于外,当然能超于人为的条例而能与更深奥却更实在的自然规律相呼应,当然能实现一种特异的品与格,当然能在这大自然的系统里尽他的特异的贡献,证明他自身的价值。懂了物各尽其性的意义再来观察宇宙的事物,实在没有一件东西不是美的,一叶一花是美的不必说,就是毒性的虫,比如蝎子,比如蚂蚁,都是美的。只有人,造化期望最深的人,却是最辜负的,最使人失望的,因为一般的人,都是自暴自弃,非但不能尽性,而且到底总是糟塌了原来可以为美可以为善的本质。

　　惭愧呀,人!好好一个可以做好文章的题目,却被你写做一篇一窍不通的滥调;好好一个画题,好好一张帆布,好好的颜色,都被你涂成奇丑不堪的滥画;好好的雕刀与花冈石,却被你斫成荒谬恶劣的怪像；好好的富有灵性的可以超脱物质与普遍的精神共化永生的生命，却被你糟塌亵渎成了一种丑陋庸俗卑鄙龌龊的废物！

生活是艺术。我们的问题就在怎样的运用我们现成的材料，实现我们理想的作品；怎样的可以像密仡郎其罗一样，取到了一大块矿山里初开出来的白石，一眼望过去，就看出他想象中的造的像，已经整个的嵌隐着，以后只要打开石子把他不受损伤的取了出来的工夫就是。所以我们再也不要抱怨环境不好不适宜，阻碍我们自由的发展，或是教育不好不适宜，不能奖励我们自由的发展。发展或是压灭，自由或是奴从，真生命或是苟活，成品或是无格———一切都在我们自己，全看我们在青年时期有否生命的觉悟，能否培养与保持心灵的自由，能否自觉的努力，能否把生活当作艺术，一笔不苟的做去，我所以回返重复的说明真消息、真意义、真教育决非人口或书本子可以宣传，只有集中了我们的灵感性直接的一面向生命本体，一面向大自然耐心去研究，体验，审察，省悟，方才可以多少了解生活的趣味与价值与他的神圣。

因为思想与意念，都起于心灵与外象的接触；创造是活动与变化的结果。真纯的思想是一种想象的实在，有他自身的品格与美，是心灵境界的彩虹，是活着的胎儿。但我们同时有智力的活动，感动于内的往往有表现于外的倾向——大画家米莱氏说深刻的印象往往自求外现，而且自然的会寻出最强有力的方法来表现——结果无形的意念便化成有形可见的文字或是有声可闻的语言，但文字语言最高的功用就在能象征我们原来的意念，他的价值也止于凭籍符号的外形，暗示他们所代表的当时的意念。而意念自身又无非是我们心灵的照海灯偶然照到实在的海里的一波一浪或一岛一屿,文字语言本身又是不完善的工具,再加之我们运用驾驭力的薄弱,所以文字的表现很难得是勉强可以满足的。我们随便翻开哪一本书,随便听人讲话,就可以发现各式各样的文字障碍,与语言习惯障碍,所以既然我们自己用语言文字来表现内心的现象已经至多不过勉强的适用,我们如何可以期望满心只是文字障碍与语言习惯障碍的他人,能从呆板的符号里领悟到我们一时神感的意念?佛教所以有禅宗一派,以不言传道,是很可寻味的——达摩面壁十年,就在解脱文字障碍直接明心见道的工夫。现在的所谓教育尤其是离本更远,即使教育的材料最初是有多少活的成分,但经过几度的转换,无意识的传授,只能变成死的训条——穆勒约翰说的"Dead dogma"不是"Living idea",我个人所以根本不信任人为的教育能有多大的价值,对于人生少有影响不用说,就是认为灌输知识的方法,照现有的教育看来,也免不了硬而且蠢的机械性。

但反过来说,既然人生只是表现,而语言文字又是人类进化到现在比较的最适用的工具,我们明知语言文字如同政府与结婚一样是一件不可免的没奈何事,或如尼采说的是"人心的牢狱",我们还是免不了它。我们只能想法使它增加适用性不能抛弃了不管。我们只能做两部分的工夫:一方面消极的防止文字障碍语言习惯障碍的影响;一方面积极的体验心灵的活动,极谨慎的极严格的在我们能运用的字类里选出比较的最确切最明了最无疑义的代表。

这就是我们应该应用"自觉的努力"的一个方向。你们知道法国有个大文学家弗洛贝尔,他有一个信仰,以为一个特异的意念只有一个特异的字或字句可以表现,所以他一辈子艰苦卓绝的从事文学的日子，只是在寻求惟一适当的字句来代表惟一相当的意念。他往往不吃饭不睡，呆呆的独自坐着，绞着脑筋的想，想寻出他称心惬意的表现，有时他烦恼极了，甚至想自杀，往往想出了神，几天写不成一句句子。试想像他那样伟大的天才，那样丰富的学识，尚且要下这样的苦工，方才制成不朽的文字，我们看了他的榜样不应该感动吗？

不要说下笔写，就是平常说话，我们也应有相当的用心——一句话可以泄露你心灵的浅薄，一句话可以证明你自觉的努力，一句话可以表示你思想的糊涂，一句话可以留下永久的印象。这不是说说话要漂亮，要流利，要有修辞的工夫，那都是不重要的；最重要的是对内心意念的忠实，与适当的表现。固然有了清明的思想，方能有清明的语言，但表现的忠实，与不苟且运用文字的决心，也就有纠正松懈的思想与警醒心灵的功效。

我们知道说话是表现个性极重要的方法，生活既然是一个整体的艺术，说话当然是这艺术里的重要部分。极高的工夫往往可以从极小的起点做去。我们实现生命的理想，也未始不可从注意说话做起。

"迎上前去"

这回我不撒谎，不打隐谜，不唱反调，不来烘托；我要说几句至少我自己信得过的话，我要痛快的招认我自己的虚实，我愿意把我的花押在这张供状的末尾。

我要求你们大量的容许，准我在我第一天接手《晨报·副刊》的时候，介绍我自己，解释我自己，鼓励我自己。

我相信真的理想主义者是受得住眼看他往常保持着的理想煨成灰，碎成断片，烂成泥，在这灰、这断片、这泥的底里，他再来发现他更伟大、更光明的理想。我就是这样的一个。

只有信生病是荣耀的人们才来不知耻的高声嚷痛；这时候他听着有脚步声，他以为有帮助他的人向着他来，谁知是他自己的灵性离了他去！真有志气的病人，在不能自己豁脱苦痛的时候，宁可死休，不来忍受医药与慈善的侮辱。我又是这样的一个。

我们在这生命里到处碰头失望，连续遭逢"幻灭"，头顶只见乌云，地下满是黑影；同时我们的年岁、病痛、工作、习惯，恶狠狠的压上我们的肩背，一天重似一天，在无形中嘲讽的呼喝着，"倒，倒，你这不量力的蠢才！"因此你看这满路的倒尸，有全死的，有半死的，有爬着挣扎的，有默无声息的……嘿！生命这十字架，有几个人扛得起来？

但生命还不是顶重的担负，比生命更重实更压得死人的是思想那十字架。人类心灵的历史里能有几个无成的孟贲乌获？在思想可怕的战场上我们就只有数得清有限的几具光荣的尸体。

我不敢非分的自夸；我不够狂，不够妄。我认识我自己力量的止境，但我却不能制止我看了这时候国内思想界萎瘪现象的愤懑与羞恶。我要一把抓住这时代的脑袋，问它要一点真思想的精神给我看看——不是借来的兑来的冒来的描来的东西，不是纸糊的老虎，摇头的傀儡，蜘蛛网幕面的偶像；我要的是筋骨里迸出来，血液里激出来，性灵里跳出来，生命里震荡出来的真纯的思想。我不来问他要，是我的懦怯；他拿不出来给我看，是他的耻辱。朋友，我要你选定一边，假如你不能站在我的对面，拿出我要的东西来给我看，你就得站在我这一边，帮着我对这时代挑战。

我预料有人笑骂我的大话。是的，大话。我正嫌这年头的话太小了，我们是得造一个比小更小的字来形容这年头听着的说话，写下印成的文字；我们得请一个想象力细致如史魏夫脱（Dean Swift）的来描写那些说小话的小口，说尖话的尖嘴。一大群的食蚁兽！他们最大的快乐是忙着他们的尖喙在泥土里垦寻细微的蚂蚁。蚂蚁是吃不完的，同时这可笑的尖嘴却益发不住的向尖的方向进化，小心再隔几代连蚂蚁这食料都显太大了！

我不来谈学问，我不配，我书本的知识是真的十二分的有限。年轻的时候我念过几本极普通的中国书，这几年不但没有知新，温过都说不上，我实在是固陋，但我却抱定孔子的一句名言"知之为知之，不知为不知，是知也"，决不来强不知为知；我并不看不起国学与研究国学的学者，我十二分尊敬他们，只是这部分的工作我只能艳羡的看他们去做，我自己恐怕不但今天，竟许这辈子都没希望参加的了。外国书呢？看过的书虽则有几本，但是真说得上"我看过的"能有多少，说多一点,三两篇戏,十来首诗,五六篇文章,不过这样罢了。

科学我是不懂的,我不曾受过正式的训练,最简单的物理化学,都说不明白,我要是不预备就去考中学校,十分里有九分是落第,你信不信?天上我只认识几颗大星,地上几棵大树,这也不是先生教我的;从先生那里学来的,十几年学校教育给我的,究竟有些什么,我实在想不起,说不上,我记得的只是几个教授可笑的嘴脸与课堂里强烈的催眠的空气。

我人事的经验与知识也是同样的有限,我不曾做过工;我不曾尝味过生活的艰难,我不曾打过仗,不曾坐过监,不曾进过什么秘密党,不曾杀过人,不曾做过买卖,发过一个大的财。

所以你看,我只是个极平常的人,没有出人头地的学问,更没有非常的经验。但同时我自信我也有我与人不同的地方。我不曾投降这世界,我不受它的拘束。

我是一只没笼头的野马,我从来不曾站定过。我人是在这社会里活着,我却不是这社会里的一个,像是有离魂病似的,我这躯壳的动静是一件事。我那梦魂的去处又是一件事。我是一个傻子,我曾经妄想在这流动的生活里发现一些不变的价值,在这打谎的世上寻出一些不磨灭的真,在我这灵魂的冒险是生命核心里的意义;我永远在无形的经验的巉岩上爬着。

冒险——痛苦——失败——失望,是跟着来的,存心冒险的人就得打算他最后的失望;但失望却不是绝望,这分别很大。我是曾经遭受失望的打击,我的头是流着血,但我的脖子还是硬的;我不能让绝望的重量压住我的呼吸,不能让悲观的慢性病侵蚀我的精神,更不能让厌世的恶质染黑我的血液。厌世观与生命是不可并存的;我是一个生命的信徒,起初是的,今天还是的,将来我敢说也是的。我决不容忍性灵的颓唐,那是最不可救药的堕落,同时却继续躯壳的存在;在我,单这开口说话,提笔写字的事实,就表示后背有一个基本的信仰;完全的没破绽的信仰;否则我何必再做什么文章,办什么报刊?

但这并不是说我不感受人生遭遇的痛创;我决不是那童呆性的乐观主义者;我决不来指着黑影说这是阳光,指着云雾说这是青天,指着分明的恶说这是善;我并不否认黑影、云雾与恶,我只是不怀疑阳光与青天与善的实在;暂时的掩蔽与侵蚀不能使我们绝望,这正应得加倍的激动我们寻求光明的决心。前几天我觉着异常懊丧的时候无意中翻着尼采的一句话,极简单的几个字却涵有无穷的意义与强悍的力量,正如天上星斗的纵横与山川的经纬,在无声中暗示你人生的奥义,祛除你的迷惘。照亮你的思路,他说:"受苦的人没有悲观的权利"(The sufferer has no right to pessimism),我那时感觉一种异样的惊心,一种异样的彻悟——

  我不辞痛苦,因为我要认识你,上帝;

  我甘心,甘心在火焰里存身,

  到最后那时辰见我的真,

  见我的真,我定了主意,上帝,再不迟疑!

所以我这次从南边回来,决意改变我对人生的态度,我写信给朋友说这要来认真做一点"人的事业"了——

  我再不想成仙,蓬莱不是我的分;

  我只要这地面,情愿安分的做人。

在我这"决心做人,决心做一点认真的事业",是一个思想的大转变;因为先前我对这人生只是不调和不承认的态度,因此我与这现世界并没有什么相互的关系,我是我,它是它,它不能责备我，我也不来批评它。但这来我决心做人的宣言却把我放进了一个有关系，负责任的地位，我再不能张着眼睛做梦，从今起得把现实当现实看：我要来察看，我要来检查，我要来清除，我要来颠扑，我要来挑战，我要来破坏。

人生到底是什么？我得先对我自己给一个相当的答案。人生究竟是什么？为什么这形形色色的，纷扰不清的现象——宗教，政治，社会，道德，艺术，男女，经济？我来是来了，可还是一肚子的不明白，我得慢慢的看古玩似的，一件件拿在手里看一个清切再来说话，我不敢保证我的话一定在行，我敢担保的只是我自己思想的忠实；我前面说过我的学识是极浅陋的，但我却并不因此自馁，有时学问是一种束缚，知识是一层障碍，我只要能信得过我能看的眼，能感受的心，我就有我的话说；至于我说的话有没有人听，有没有人懂，那是另外一件事，我管不着了——"有的人身死了才出世的"，谁知道一个人有没有真的出世那一天？

是的，我从今起要迎上前去！生命第一个消息是活动，第二个消息是搏斗，第三个消息是决定；思想也是的，活动的下文就是搏斗。搏斗就包含一个搏斗的对象，许是人，许是问题，许是现象，许是思想本体。一个武士最大的期望是寻着一个相当的敌手。思想家也是的，他也要一个可以较量他充分的力量的对象。"攻击是我的本性"，一个哲学家说，"要与你的对手相当——这是一个正直的决斗的第一个条件。你心存鄙夷的时候你不能搏斗。你占上风，你认定对手无能的时候你不应当搏斗。我的战略可以约成四个原则：——第一，我专打正占胜利的对象——在必要时我暂缓我的攻击，等他胜利了再开手；第二，我专打没有人打的对象，我这边不会有助手，我单独的站定一边——在这搏斗中我难为的只是我自己;第三,我永远不来对人的攻击——在必要时我只拿一个人格当显微镜用,借它来显出某种普遍的,但却隐遁不易踪迹的恶性;第四,我攻击某事物的动机,不包含私人嫌隙的关系,在我攻击是一个善意的,而且在某种情况下,感恩的凭证。"

这位哲学家的战略,我现在僭引作我自己的战略,我盼望我将来不至于在搏斗的沉酣中忽略了预定的规律,万一疏忽时我恳求你们随时提醒。我现在戴我的手套去!

许地山

（1893年2月3日—1941年8月4日）

男，名赞堃，字地山，笔名落华生（古时"华"同"花"，所以也叫落花生），籍贯广东揭阳。生于台湾一个爱国志士家庭。

1913年赴缅甸仰光中学任教，1916年回国。次年入燕京大学，获得文学士学位后再入宗教学院，得神学士学位。1923年赴美入哥伦比亚大学，次年到英国牛津大学研习。对宗教史有精深研究，也下工夫钻研过印度哲学、人类学、民俗学，掌握梵文、希腊文和中国古代的金文、甲骨文。

主要著作有《危巢坠简》《落花生》《空山灵雨》《缀网劳蛛》；译著有《二十夜问》《太阳底下降》《孟加拉民间故事》等。

我只要提醒诸位，

中国底命运是在青年人手里。

青年现在不努力挣扎，

将来要挣扎就没有机会了。

将来除了用体力去换粥水以外，

再也不能有什么发展了。

许地山

青年节对青年讲话

在二十二年前底今日也是个星期日，我还在燕京大学读书。当日在天安门聚齐，怎样向东交民巷交涉，怎样到栖凤楼去，到现在还很明显地一桩一件出现在我底回忆里。不过今天我没工夫对诸位细说当日底情形与个人底遭遇，所要说底只是五四运动底意义，与今后我们青年人所当努力底事情。大学生对于社会与政治底关心，是我们自古以来底传统理想，因为求学目的是在将来能为国家服务，同时也是训练各人对于目前的政治与社会问题底态度与解答。当国家在危难时期，尤其需要青年对于种种问题与实况，有深切的了解与认识。他们得到刺激之后，更能为国认真向学，与努力做人。我们常感觉到年长的执政们，有时候脑筋会迟钝一点，对于当前问题底感觉未必会像青年人那么敏锐，又因为他们底生活安定了，虽然经验与理智告诉他们应当怎样做，他们却不肯照所知所见、与所当走底路途去做去行。因此，青年人底政治意见底表示，就很可以刺激他们，使他们详加考虑和审慎地决断。五四运动底意义是在这点上头，不幸事件底发生，不过是偶然的。若以打人烧屋来赞扬五四运动当日底学生，那就是太低看了那次底学生行为了。

五四运动底光荣是过去了。好汉不说当年勇，我们有为的青年应当努力于现在与将来，使中国能够发展成为一个近代的国家。我每觉得我们国民底感觉太迟钝，做事固然追不上时间，思想更不用说，在教育界中间甚至有些人一点思想，一毫思想都没有。教书底人没有教育良心，读书底人没有学习毅力,互相敷衍,互相标榜,互相欺骗。当日"五四"底学生,今日有许多已是操纵国运底要人,试问他们有了什么成绩。有许多人甚且回到科举时代底习尚,以为读书人便当会作诗、写字、绘画,不但自己这样做,并且鼓励学生跟着他们将有用的时间,费在无用或难以成功底事情上。他们盲目地鼓吹保存国粹,发展中国固有文化,不知道他们所保存底只是国渣滓而已。试拿保存中国文字一件事来说,我如果不认定文字不过是传达思想底工具,就会看它为民族底神圣遗物,永远不敢改变它,甚至会做出错误的推理说,有中国文字然后有中国文化;但是我们要知道中国文字并未发展到科学化的阶段便停止了,生于现代而用原始的工具,无论如何是有害无利的。现代的文明是速度的文明,人家底进步一日万里,我们还在抱残守缺,无论如何,是会落后的。中国文字不改革,民族底进步便无希望。这是我敢断言底。我敢再进一步说,推行注音字母还不够,非得改用拼音字不可。现在许多青年导师,不但不主张改革中国文字,反而提倡书法,以为中国字特别具有艺术价值,值得提倡。说这样话底人们,大概没到过欧美图书馆去看看中古时代,僧侣们写底圣经和其他稿本,写的文字形式一样可以令人发生美感。古人闲得很,可以多用工夫消磨在写字上。现代人若将时间这样浪费,那就不应当了。文字形式底美,与其他器具,如椅桌等底一样,它底美底价值与纯艺术,如绘画雕刻等不同,因为它主要目的在用而不在欣赏。我们要将用来变成欣赏也未尝不可,甚至欣赏到无用而有害的东西,如吸烟、打麻啡之类,也只得由人去做,不过不是应当青年人提倡底种种。近日有人教狗虱做戏,在技巧方面说是可以的,若是当它做艺术看那就太差了。近日人好皮毛的名誉,以为能写个字,能画两笔，便是名家。因此，不肯从真学问处下工夫，这是太可惜太可怜了。

  青年节是含有训练青年人底政治意识与态度底作用底。我们的民族正入到最危难的关头，国民对于民族生存底大目标固然要一致，为要达到生存底安全也要一致地努力，但对于国家前途底计划，意见纵然不一致，也当彼此容忍，开诚布公，使摩擦减少。须知我们自己若不能相容，我们便不配希望人家底帮助与同情。我们对内底严重症结在贪污以及政治团体底意见分歧与互相猜忌，国防只是党防，抗战不能得预期的效果，多半是由于被上头所指出底贪污底绳与猜忌底索的绊缠。这样下去，那能了得？前几日偶然翻到日本平凡社刊行底《百科大事汇》，在"缅甸"一条里，论者说缅甸人性好猜忌，是亡国民族底特征。编者对缅甸人底观察与判断我不敢赞同，但亡了国之后，凡人类所有的劣根性都会意外地被指摘出来，我也承认亡国民族有它底特征，而这些都是积渐发展而来底。前七八年我写了一篇《伟大民族底条件》底论文，在《北平晨报》发表过，我底中心意见是以为伟大民族不是天生成的，须要劣根性排除，自己努力栽培自己使他习惯成自然，自然就会脱离蛮野人与鄙野人底境地。我现在要讲亡国民族的特征，除了上头所讲底两点以外，我们可以说还有五点。一，嫉妒。没落的民族底个人总是希望人家底能力学力等等都不如他。凡有比他好的，就是一分一毫，他也很在意。他专会对别人算账，自己的胡涂账却不去问，总要拿自己来与人家比，看不得一件好事情一个好见地给别人做了或提出来了，他非尽力破坏不可。这是亡国民族的一个特征。二，好名。亡国民族底个人因为地位上已有高下，尤其喜欢得着虚名，但由自己的努力得来底名誉是很少见的。名誉底来到，多是由于同党者底互相标榜。做事不认真，却要得到人家底赞美。现在单从学术的研究来说，我们常常看见报上登载底某某发明什么东西比外国发明更好。更好，固然是应该，但要不自吹。东西真是超越，也不必鼓吹。而且许多与国防上有关底发明，若是这样大吹大擂地刊报出来，岂不是大有损害？我们看见这样大吹大擂底报，总会感觉到只是发明家底好名，并非他真有所发明。三，无恒。亡国底民族个人多半不肯把一件事情做好。他做事多半为名为利，从不肯牢站在自己的岗位。凡事，只要能使他底生活安适一点，不一定是能使他底事业更有成就底，他必轻易地改变他底职业。这样永远只能在人支配之下讨生活，永不会有什么成就底。四，无情。中国一讲到无情便连想到无义，所以无情无义是相连的。一个人对别人底痛苦艰难，毫不关心，甚至只知道自己的利益与安适，不顾全大局，间接地吃人肉，直接地掠人财。在这几年的抗战期间，出了一批发国难财底"官商"与"商官"！他们底假公济私，对于民众需要的生存与生活资料用巧妙的方法榨取与禁止，凡具有些少人心底人，对于他们无不痛恨。这种无同情心底情形，在亡国底民族中更显现得明白。五，无理想。每一个生存着生长着底民族必定有它底生存理想。远大的理想本来不容易生产，不过要有民族永远的生存就得立一个共同的理想。在亡国民族中间，"理想"是什么还莫名其妙，那讲什么理想呢？因为自己没有理想，所以自己的行为便翻来覆去，自己的言论便常露出矛盾的现象。女人们都要争妇女地位，反对纳妾，可是有多少受高等教育底女子们，愿意去做大官阔贾底"夫人"，只要"如"字不要，便可以自欺欺人。她们反对男子纳妾，自己却甘心做妾。还有许多政客官僚，为自己底地位与权力，忘记了他们平日底主张，在威迫利诱之下，便不顾一切，去干卖国卖群底勾当。五四时代热心青年中间不少是沉沦了底，这里我也不愿意多说了。

以上所讲底几点，不是说我们底民族中间都已有了这些特征，只是为要提醒我们，教大家注意一下。我们不要想着亡了国是和古时换了一个朝代一样。现代的亡国现象，决不是换朝代，是在种族上被烙上奴隶底铁印，子子孙孙永远挣扎不起来。在异族统治底下，上头所举底几个劣根性，要特别地被发展起来。颓废的生活，自我的享受，成为一般亡国民族底生活型。因为在生活底，进展底机会上，样样是被统治了底。第一是学术统制。近代的国家，感觉到将来的战争会趋于脑力高下底争斗，凡有新知识，已经秘藏了许多。去外国留学已不如从前那么容易得人家底高深学问，将来可以料想得到，除掉街头巷尾可以买得到底教科书以外，稍为高等和专门一点的书籍，恐怕也要被统制起来，非其族人，决不传授。这样的秦皇政策，我恐怕在最近就会渐渐施行起来底。学力比人差，当然得死心塌地地受人家支配，做人家底帮手。第二是职业会受统制。就使你有同等学力与经验，在非我族类底原则底下，你是不能得到相当底职业底。有许多事业，人家决不会让你去做。一个很重要的机关，你当然不能希望进得去那门槛。就是一件普通的事业，也得尽先用自己的人，这样你纵然有很大的才干，也是没有机会发展出来了。第三是经济的统制。在奴主关系民族中间，主民族底生活待遇不用说是从奴民族榨取底。所以后者所受底待遇决不能比前者好。主人吃的是肉，狗啃底是骨头，是永世不易的公例。经济能力由于有计划底统制，越来便会越小，越小就越不敢生育。纵使生育子女，也没有力量养育他们,这样下去,民族底生存便直接受了影响。数百年后,一个原先繁荣底民族,就会走到被保存底地步。我很怕将来的中华民族也会像美洲底红印第安人一样,被划出一个地方,作为民族底保存区域,留一百几十万人,作为人类过去种族与一种文化民族遗型,供人家底的学者来研究。三时五时到那区域去,看看中国人怎样用毛笔画小鸟,写草字,看看中国人怎样拜祖先和打麻雀。种种色色,我不愿意再往下说了。我只要提醒诸位,中国底命运是在青年人手里。青年现在不努力挣扎,将来要挣扎就没有机会了。将来除了用体力去换粥水以外,再也不能有什么发展了。我真是时时刻刻为中国底前途捏一把冷汗。

青年节本不是庆祝的性质,我们不是为找开心来底。我们要在这个时节默想我们自己的缺点,与补救底方法。我们当为将来而努力,回想过去,乃是帮助我们找寻新路径底一个方法。所以青年节对于我们是有意义底。若是大家不忘记危亡底痛苦,大家努力向前向上,大家才配纪念这个青年节。我们可以说五四过去的成绩,是与现在的青年没有关系底。我们今后底成绩,才与现在底青年节有关系。

(选自1941年5月20日香港《大公报·学生界》第289期)

今天

陈眉公先生曾说过:"天地有一大账簿:古史,旧账簿也,今史,新账簿也。"他的历史账簿观,我觉得很有见解。记账的目的不但是为审察过去的盈亏来指示将来的行止,并且要清理未了的账。在我们的"新账簿"里头,被该的账实在是太多了。血账是页页都有,而最大的一笔是从三年前的七月七日起到现在被掠去的生命、财产、土地,难以计算。我们要擦掉这笔账还得用血、用铁、用坚定的意志来抗战到底。要达到这目的,不能不仗着我们的"经理们"与他们手下的伙计的坚定意志,超越智慧,与我们股东的充足的知识、技术和等等的物质供给。再进一步,当要把各部分的机构组织到更严密,更有高度的效率。

"文官不爱钱,武将不惜死"的名言是我们听熟了的。自军兴以来,我们的武士已经表现出他们不惜生命以卫国的大牺牲与大忠勇的精神。但我们文官的中间,尤其是掌理财政的一部分人,还不能全然走到"不爱钱"的阶段,甚至有不爱国币而爱美金的。这个,许多人以为是政治还不上轨道的现象,但我们仍要认清这是许多官人的道德败坏,学问低劣,临事苟办,临财苟取的结果。要擦掉这笔"七七"的血账,非得把这样的坏伙计先行革降不可。不但如此,在这抵抗侵略的圣战期间,不爱钱、不惜死之上还要加上勤快和谨慎。我们不但不爱钱,并且要勤快办事;不但不惜死,并且要谨慎作战。那么,日人的凶焰虽然高到万丈,当会到了被扑灭的一天。

在知识与技术的贡献方面,几年来不能说是没有,尤其是在生产的技术方面，我们的科学家已经有了许多发明与发现（请参看卓芬先生的近年生产技术的改进。香港《大公报》二十九年七月五日特论）。我们希望当局供给他们些安定的实验所和充足的资料，因为物力财力是国家的命脉所寄，没有这些生命素，什么都谈不到。意志力是寄托在理智力上头的。这年头还有许多意志力薄弱的叛徒与国贼民贼的原因，我想就是由于理智的低劣。理智低劣的人，没有科学知识，没有深邃见解，没有清晰理想，所以会颓废，会投机，会生起无须要的悲观。这类的人对于任何事情都用赌博的态度来对付。遍国中这类赌博的人当不在少数。抗战如果胜利，在他们看来，不过是运气好，并非我们的能力争取得来的。这样，哪里成呢？所以我们要消灭这种对于神圣抗战的赌博精神。知识与理想的栽培当然是我们动笔管的人们的本分。有科学知识当然不会迷信占卜扶乩，看相算命一类的事，赌博精神当然就会消灭了。迷信是削弱民族意志力的毒刃，我们从今日起，要立志扫除它。

物质的浪费是削弱民族威力的第二把恶斧。我们都知道我们是用外货的国家，但我们都忽略了怎样减少滥用与浪费的方法。国民的日用饮食，应该以"非不得已不用外物"为宗旨。烟酒脂粉等等消耗，谋国者固然应该设法制止，而在国民个人也须减到最低限度。大家还要做成一种群众意见，使浪费者受着被人鄙弃的不安。这样，我们每天便能在无形中节省了许多有用的物资，来做抗建的用处。

我们很满意在这过去的三年间，我们的精神并没曾被人击毁，反而增加更坚定的信念，以为民治主义的卫护，是我们正在与世界的民主国家共同肩负着的重任。我们的命运固然与欧美的民主国家有密切的联系，但我们的抗建还是我们自己的，稍存依赖的心，也许就会摔到万丈的黑崖底下。破坏秩序者不配说建设新秩序。新秩序是能保卫原有的好秩序者的职责。站在盲的蛮力所建的盟坛上的自封自奉的民主，除掉自己仆下来，盟坛被拆掉以外，没有第二条路可走，因为那盟坛是用不整齐、没秩序和腐败的砖土所砌成的。我们若要注销这笔"七七"的血账，须常联合世界的民主工匠来毁灭这违理背义的盟坛。一方面还要加倍努力于发展能力的各部门，使自己能够达到长期自给，威力累增的地步。

祝自第四个"七七"以后的层叠胜利，希望这笔血账不久会从我们的新账簿擦除掉。

陈独秀

（1879年10月9日—1942年5月27日）

原名庆同、乾生，字仲甫，号实庵，汉族，安徽怀宁人，新文化运动的倡导者、发起者和主要旗手，"五四运动的总司令"，中国共产党的主要创始人之一和党早期主要领导人。

1915年9月在上海创办《青年杂志》（翌年改名为《新青年》），新文化运动由此发端。

1920年，在上海建立中国共产党发起组，进行建党活动。1921年7月，在上海举行的中国共产党第一次全国代表大会上，被选为中央局书记。1925年领导五卅运动。抗战爆发后，拥护国共合作和国民党领导抗日。1938年，被王明、康生诬陷为日本间谍。1942年5月27日，于四川江津病逝。

人生在世,究竟为的甚么?究竟应该怎样?我敢说道:个人生存的时候,当努力造成幸福,享受幸福;并且留在社会上,后来的个人也能够享受。递相授受,以至无穷。

敬告青年

窃以少年老成，中国称人之语也；年长而勿衰（Keep young while growing old），英美人相勖之辞也：此亦东西民族涉想不同现象趋异之一端欤？青年如初春，如朝日，如百卉之萌动，如利刃之新发于硎，人生最可宝贵之时期也。青年之于社会，犹新鲜活泼细胞之在人身。新陈代谢，陈腐朽败者无时不在天然淘汰之途，与新鲜活泼者以空间之位置及时间之生命。人身遵新陈代谢之道则健康，陈腐朽败之细胞充塞人身则人身死；社会遵新陈代谢之道则隆盛，陈腐朽败之分子充塞社会则社会亡。

准斯以谈，吾国之社会，其隆盛耶？抑将亡耶？非予之所忍言者。彼陈腐朽败之分子，一听其天然之淘汰，雅不愿以如流之岁月，与之说短道长，希冀其脱胎换骨也。予所欲涕泣陈词者，惟属望于新鲜活泼之青年，有以自觉而奋斗耳！

自觉者何？自觉其新鲜活泼之价值与责任，而自视不可卑也。奋斗者何？奋其智能，力排陈腐朽败者以去，视之若仇敌，若洪水猛兽，而不可与为邻，而不为其菌毒所传染也。

呜呼！吾国之青年，其果能语于此乎？吾见夫青年其年龄，而老年其身体者十之五焉；青年其年龄或身体，而老年其脑神经者十之九焉。华其发，泽其容，直其腰，广其膈，非不俨然青年也；及叩其头脑中所涉想所怀抱，无一不与彼陈腐朽败者为一丘之貉。其始也未常不新鲜活泼，寖假而为陈腐朽败分子所同化者有之；寖假而畏陈腐朽败分子势力之庞大，瞻顾依回，不敢明目张胆，作顽狠之抗斗者有之。充塞社会之空气，无往而非陈腐朽败焉，求些少之新鲜活泼者，以慰吾人窒息之绝望，亦杳不可得。

循斯现象，于人身则必死，于社会则必亡。欲救此病，非太息咨嗟之所能济，是在一二敏于自觉勇于奋斗之青年，发挥人间固有之智能，抉择人间种种之思想——孰为新鲜活泼而适于今世之争存，孰为陈腐朽败而不容留置于脑里——利刃断铁，快刀理麻，决不作牵就依违之想，自度度人，社会庶几其有清宁之日也。青年乎！其有以此自任者乎？若夫明其是非，以供抉择，谨陈六义，幸平心察之：

（一）自主的而非奴隶的

等一人也，各有自主之权，绝无奴隶他人之权利，亦绝无以奴自处之义务。奴隶云者，古之昏弱对于强暴之横夺，而失其自由权利者之称也。自人权平等之说兴，奴隶之名，非血气所忍受。世称近世欧洲历史为"解放历史"：破坏君权，求政治之解放也；否认教权，求宗教之解放也；均产说兴，求经济之解放也；女子参政运动，求男权之解放也。

解放云者，脱离夫奴隶之羁绊，以完其自主自由之人格之谓也。我有手足，自谋温饱；我有口舌，自陈好恶；我有心思，自崇所信；绝不认他人之越俎，亦不应主我而奴他人：盖自认为独立自主之人格以上，一切操行，一切权利，一切信仰，唯有听命各自固有之智能，断无盲从隶属他人之理。非然者，忠孝节义，奴隶之道德也；德国大哲尼采（Nietzsche）别道德为二类：有独立心而勇敢者曰贵族道德（Morality of Noble），谦逊而服从者曰奴隶道德（Morality of Slave）。轻刑薄赋,奴隶之幸福也;称颂功德,奴隶之文章也;拜爵赐第,奴隶之光荣也;丰碑高墓,奴隶之纪念物也。以其是非荣辱,听命他人,不以自身为本位,则个人独立平等之人格,消灭无存,其一切善恶行为,势不能诉之自身意志而课以功过;谓之奴隶,谁曰不宜?立德立功,首当辨此。

(二)进步的而非保守的

人生如逆水行舟,不进则退,中国之恒言也。自宇宙之根本大法言之,森罗万象,无日不在演进之途,万无保守现状之理;特以俗见拘牵,谓有二境,此法兰西当代大哲柏格森(H. Borgson)之创造进化论(L' Evolution Creatrice)所以风靡一世也。以人事之进化言之:笃古不变之族,日就衰亡;日新求进之民,方兴未已;存亡之数,可以逆睹。矧在吾国,大梦未觉,故步自封,精之政教文章,粗之布帛水火,无一不相形丑拙,而可与当世争衡?

举凡残民害理之妖言,率能征之故训,而不可谓诬,谬种流传,岂自今始!固有之伦理,法律,学术,礼俗,无一非封建制度之遗,持较晰种之所为,以并世之人,而思想差迟,几及千载;尊重廿四朝之历史性,而不作改进之图;则驱吾民于二十世纪之世界以外,纳之奴隶牛马黑暗沟中而已,复何说哉!于此而言保守,诚不知为何项制度文物,可以适用生存于今世。吾宁忍过去国粹之消亡,而不忍现在及将来之民族,不适世界之生存而归削灭也。

呜呼!巴比伦人往矣,其文明尚有何等之效用耶?"皮之不存,毛将焉傅?"世界进化,骎骎未有已焉。其不能善变而与之俱进者，将见其不适环境之争存，而退归天然淘汰已耳，保守云乎哉！

（三）进取的而非退隐的

当此恶流奔进之时，得一二自好之士，洁身引退，岂非希世懿德；然欲以化民成俗，请于百尺竿头，再进一步。夫生存竞争，势所不免，一息尚存，即无守退安隐之余地。排万难而前行，乃人生之天职。以善意解之，退隐为高人出世之行；以恶意解之，退隐为弱者不适竞争之现象。欧俗以横厉无前为上德，亚洲以闲逸恬淡为美风：东西民族强弱之原因，斯其一矣。此退隐主义之根本缺点也。

若夫吾国之俗，习为委靡：苟取利禄者，不在论列之数；自好之士，希声隐沦，食粟衣帛，无益于世，世以雅人名士目之，实与游惰无择也。人心秽浊，不以此辈而有所补救，而国民抗往之风，植产之习，于焉以斩。人之生也，应战胜恶社会，而不可为恶社会所征服；应超出恶社会，进冒险苦斗之兵，而不可逃遁恶社会，作退避安闲之想。呜呼！欧罗巴铁骑，入汝室矣；将高卧白云何处也？吾愿青年之为孔墨，而不愿其为巢由；吾愿青年之为托尔斯泰与达噶尔（R. Tagore，印度隐遁诗人），不若其为哥伦布与安重根！

（四）世界的而非锁国的

并吾国而存立于大地者，大小凡四十余国，强半与吾有通商往来之谊。加之海陆交通，朝夕千里。古之所谓绝国，今视之若在户庭。举凡一国之经济政治状态有所变更,其影响率被于世界,不啻牵一发而动全身也。立国于今之世,其兴废存亡,视其国之内政者半,影响于国外者恒亦半焉。以吾国近事证之:日本勃兴,以促吾革命维新之局;欧洲战起,日本乃有对我之要求。此非其彰彰者耶?投一国于世界潮流之中,笃旧者固速其危亡,善变者反因以竞进。

吾国自通海以来,自悲观者言之,失地偿金,国力索矣;自乐观者言之,倘无甲午庚子两次之福音,至今犹在八股垂发时代。居今日而言锁国闭关之策,匪独力所不能,亦且势所不利。万邦并立,动辄相关,无论其国若何富强,亦不能漠视外情,自为风气。各国之制度文物,形式虽不必尽同,但不思驱其国于危亡者,其遵循共同原则之精神,渐趋一致,朝流所及,莫之能违。于此而执特别历史国情之说,以冀抗此潮流,是犹有锁国之精神,而无世界之智识。国民而无世界智识,其国将何以图存于世界之中?语云:"闭户造车,出门未必合辙。"今之造车者,不但闭户,且欲以周礼考工之制,行之欧美康庄,其患将不止不合辙已也!

(五)实利的而非虚文的

自约翰弥尔(J. S. Mill)"实利主义"唱道于英,孔特(Comte)之"实证哲学"唱道于法,欧洲社会之制度,人心之思想为之一变。最近德意志科学大兴,物质文明,造乎其极,制度人心,为之再变。举凡政治之所营,教育之所期,文学技术之所风尚,万马奔驰,无不齐集于厚生利用之一途。一切虚文空想之无裨于现实生活者,吐弃殆尽。当代大哲,若德意志之倭根（R. Eucken），若法兰西之柏格森，虽不以现时物质文明为美备，咸揭橥生活（英文曰Life，德文曰Leben，法文曰La vie）问题，为立言之的。生活神圣，正以此次战争，血染其鲜明之旗帜。欧人空想虚文之梦，势将觉悟无遗。

夫利用厚生，崇实际而薄虚玄，本吾国初民之俗；而今日之社会制度，人心思想，悉自周汉两代而来——周礼崇尚虚文，汉则罢黜百家而尊儒重道。——名教之所昭垂，人心之所祈向，无一不与社会现实生活背道而驰。倘不改弦而更张之，则国力将莫由昭苏，社会永无宁日。祀天神而拯水旱，诵孝经以退黄巾，人非童昏，知其妄也。物之不切于实用者，虽金玉圭璋，不如布粟粪土？若事之无利于个人或社会现实生活者，皆虚文也，诳人之事也。诳人之事，虽祖宗之所遗留，圣贤之所垂教，政府之所提倡，社会之所崇尚，皆一文不值也！

（六）科学的而非想像的

科学者何？吾人对于事物之概念，综合客观之现象，诉之主观之理性而不矛盾之谓也。想像者何？既超脱客观之现象，复抛弃主观之理性，凭空构造，有假定而无实证，不可以人间已有之智灵，明其理由，道其法则者也。在昔蒙昧之世，当今浅化之民，有想像而无科学。宗教美文，皆想像时代之产物。近代欧洲之所以优越他族者，科学之兴，其功不在人权说下，若舟车之有两轮焉。今且日新月异，举凡一事之兴，一物之细，罔不诉之科学法则，以定其得失从违；其效将使人间之思想云为，一遵理性，而迷信斩焉，而无知妄作之风息焉。

国人而欲脱蒙昧时代，羞为浅化之民也，则急起直追，当以科学与人权并重。士不知科学,故袭阴阳家符瑞五行之说,惑世诬民;地气风水之谈,乞灵枯骨。农不知科学,故无择种去虫之术。工不知科学,故货弃于地,战斗生事之所需,一一仰给于异国。商不知科学,故惟识罔取近利,未来之胜算,无容心焉。医不知科学,既不解人身之构造,复不事药性之分析,菌毒传染,更无闻焉;惟知附会五行生克寒热阴阳之说,袭古方以投药饵,其术殆与矢人同科;其想像之最神奇者,莫如"气"之一说;其说且通于力士羽流之术;试遍索宇宙间,诚不知此"气"之果为何物也!

凡此无常识之思,惟无理由之信仰,欲根治之,厥维科学。夫以科学说明真理,事事求诸证实,较之想像武断之所为,其步度诚缓;然其步步皆踏实地,不若幻想突飞者之终无寸进也。宇宙间之事理无穷,科学领土内之膏腴待辟者,正自广阔。青年勉乎哉!

署名:陈独秀
《青年杂志》第一卷第一号
一九一五年九月十五日

人生真义

人生在世，究竟为的甚么？究竟应该怎样？这两句话实在难得回答的很。我们若是不能回答这两句话，糊糊涂涂过了一生，岂不是太无意识吗？自古以来，说明这个道理的人也算不少，大概约有数种：第一是宗教家。像那佛教家说：世界本来是个幻象，人生本来无生；"真如"本性为"无明"所迷，才现出一切生灭幻象；一旦"无明"灭，一切生灭幻象都没有了，还有甚么世界，还有甚么人生呢？又像那耶稣教说：人类本是上帝用土造成的，死后仍旧变为泥土；那生在世上信从上帝的，灵魂升天；不信上帝的，便魂归地狱，永无超生的希望。第二是哲学家。像那孔孟一流人物，专以正心、修身、齐家、治国、平天下，做一大道德家，大政治家，为人生最大的目的。又像那老庄的意见，以为万事万物都应当顺应自然；人生知足，便可常乐，万万不可强求。又像那墨翟主张牺牲自己，利益他人为人生义务。又像那杨朱主张尊重自己的意志，不必对他人讲甚么道德。又像那德国人尼采也是主张尊重个人的意志，发挥个人的天才，成功一个大艺术家、大事业家，叫做寻常人以上的"超人"，才算是人生目的；甚么仁义道德，都是骗人的说话。第三是科学家。科学家说人类也是自然界一种物质，没有甚么灵魂；生存的时候，一切苦乐善恶，都为物质界自然法则所支配；死后物质分散，另变一种作用，没有联续的记忆和知觉。

这些人所说的道理，各个不同。人生在世，究竟为的甚么，应该怎样呢？我想佛教家所说的话，未免太迂阔。个人的生灭，虽然是幻象，世界人生之全体，能说不是真实存在吗？人生"真如"性中，何以忽然有"无明"呢？既然有了"无明"，众生的"无明"，何以忽然都能灭尽呢？"无明"既然不灭，一切生灭现象，何以能免呢？一切生灭现象既不能免，吾人人生在世，便要想想究竟为的甚么，应该怎样才是。耶教所说，更是凭空捏造，不能证实的了。上帝能造人类，上帝是何物所造呢？上帝有无，既不能证实；那耶教的人生观，便完全不足相信了。孔孟所说的正心、修身、齐家、治国、平天下，只算是人生一种行为和事业，不能包括人生全体的真义。吾人若是专门牺牲自己，利益他人，乃是为他人而生，不是为自己而生，决非个人生存的根本理由；墨子的思想，也未免太偏了。杨朱和尼采的主张，虽然说破了人生的真相；但照此极端做去，这组织复杂的文明社会，又如何行得过去呢？人生一世，安命知足，事事听其自然，不去强求，自然是快活的很。但是这种快活的幸福，高等动物反不如下等动物，文明社会反不如野蛮社会；我们中国人受了老庄的教训，所以退化到这等地步。科学家说人死没有灵魂，生时一切苦乐善恶，都为物质界自然法则所支配，这几句话到难以驳他。但是我们个人虽是必死的，全民族是不容易死的，全人类更是不容易死的了。全民族全人类所创的文明事业，留在世界上，写在历史上，传到后代，这不是我们死后联续的记忆和知觉吗？

　　照这样看起来，我们现在时代的人所见人生真义，可以明白了；今略举如下：

　　一、人生在世，个人是生灭无常的，社会是真实存在的。

　　二、社会的文明幸福，是个人造成的，也是个人应该享受的。

三、社会是个人集成的，除去个人，便没有社会；所以个人的意志和快乐，是应该尊重的。

四、社会是个人的总寿命，社会解散，个人死后便没有联续的记忆和知觉；所以社会的组织和秩序，是应该尊重的。

五、执行意志，满足欲望，（自食色以至道德的名誉，都是欲望。）是个人生存的根本理由，始终不变的。（此处可以说"天不变，道亦不变"）

六、一切宗教、法律、道德、政治，不过是维持社会不得已的方法，非个人所以乐生的原意，可以随着时势变更的。

七、人生幸福，是人生自身出力造成的，非是上帝所赐，也不是听其自然所能成就的。若是上帝所赐，何以厚于今人而薄于古人？若是听其自然所能成就，何以世界各民族的幸福不能够一样呢？

八、个人之在社会，好像细胞之在人身；生灭无常，新陈代谢，本是理所当然，丝毫不足恐怖。

九、要享幸福，莫怕痛苦。现在个人的痛苦，有时可以造成未来个人的幸福。譬如有主义的战争所流的血，往往洗去人类或民族的污点。极大的瘟疫，往往促成科学的发达。

总而言之：人生在世，究竟为的甚么？究竟应该怎样？我敢说道：个人生存的时候，当努力造成幸福，享受幸福；并且留在社会上，后来的个人也能够享受。递相授受，以至无穷。

署名：陈独秀
《新青年》第四卷第二号
一九一八年二月十五日

我们应该怎样？
——录少年中国学会会务报告

我们人类的生活诚然是烦闷的生活，是不是永久烦闷固然不敢断定。今日以前和将来几世纪以内恐怕仍然免不掉烦闷。那醉生梦死生活自觉力和下等动物相等的人，现在不去论他。一班有自觉智力的人，对这烦闷生活，有二种危险的人生观：

（一）顺世堕落的乐观主义

（二）厌世自杀的悲观主义

抱第一种主义的人，是看透人类种种黑暗的本性，而且觉得决没有改进的希望。抱第二种主义的人，是误在高视人类，以为他生来的善良灵贵和别种动物不同，而眼见的周围事实，却大为失望。这两种人对于人生的观察，都是没有彻底，而且没有勇气，所以不堪烦闷生活的痛苦，便自然发生这两种危险的人生观。

我们若是觉得个人和社会还有继续存在的价值，这两种危险的人生观，有时虽有用处，却不可做社会中个人普遍的唯一信仰。

在生物学上看起来，人类也是一种物。人性黑暗的方面，像贪得、利己、忌妒、争杀等，和别种动物是一样，并不比他们高明。而且有虚伪、欺诈的特长，比别种动物更坏。但是人性光明的方面，像相爱、互助等，也和别种脊椎动物一样，而且比他们更是发达。至于分别及抉择善恶的心灵作用（即道德意识），或者可以说是人类独有的本能。若是人类没有这种先天的本能，那几个圣贤的教训，必然毫无效果。

顺世和厌世主义的两种人，都只见得人类黑暗的一面，没有留心那光明的一面。就是留过心，若是没有努力改造的勇气和自信心，也必定自然而然走到那顺世堕落或厌世自杀的境界。我们要逃出这两种境界，首先对于人性必须有黑暗光明两方面彻底的观察和承认。其次的需要，就是努力改造世界的勇气和自信心。社会中有勇气和自信心的先知先觉，应该用个人的努力，渐渐减少人性黑暗的方面，渐渐发展人性光明的方面。

我相信这种努力，不但可以唤醒没有生活自觉力的人，并且可以指导一班有自觉力而胆怯的人，叫他们都抛弃那"顺世堕落的乐观主义"和"厌世自杀的悲观主义"，都来跟着努力的人信仰这"爱世努力的改造主义"和人类种种黑暗奋斗。到了这种"爱世努力的改造主义"成了社会中个人普遍的唯一信仰，这时代的人类，就快脱离烦闷生活的时代不远了。

有一班研究生物进化的人说：生物中的人类肉体上精神上一方面可说是进化，一方面也可说是堕落。所谓道德的意识，被和一般动物同样的贪残利己心及生活困难逼迫而去，这便是人类堕落，以至于将来自灭的原因，无论如何努力，恐怕终久达不到改造的目的，也就终久免不掉灭亡的运命。我看这种疑问，诚然是很有价值的疑问，但是这班人也只见得人类黑暗的方面，没有留心那光明的方面。我总相信由我们个人的努力，拿光明的方面去改造那黑暗的方面，不见得是绝对不可能的事，我相信他可能，是有两个证据：

（一）在理论上说起。我们若不能否认相爱、互助，及分别抉择善恶的心灵作用，也是一种人种的本能，便不能断定没有改造希望。况且我们自己既然发现了自己堕落以至灭亡的原因，这就是人类最可宝贵的心灵作用，这就是人类或者不至灭亡的幸运，这就是我们自己有改造自己的可能性的证据。

（二）在事实上看起来。自从始祖以至现在，我们个人的肉体、精神，和社会的组织，都曾经时时努力时时改造时时进化，未尝间断。就是那最难改造的道德意识，也没有人能说毫无成绩。拿过去现在推测将来，何至叫我们绝望呢？至于生活困难，大部分是因为社会组织及经济制度不良，和人类本性上的黑暗无关，更没有不能改造的道理。

现在时代的国际强权，政治的罪恶，私有财产的罪恶，战争的黑暗，阶级的不平（贫富男女贵贱官民尊卑名分等问题，都包含在内），以及种种不近情理不合人类自然生活的法律道德，四面黑暗将我们团团围住，不用说这都是我们本性上黑暗方面和一般动物同样的贪残利己心造成的恶果。有这些恶果，才造成我们现在这样难堪的烦闷生活。不用说这些恶果不是一时造成的，也自然不是一时能够除去的了。但是总可以由个人的努力，奋斗，利用人性上光明的方面，去改造那黑暗的方面，将造成这些恶果的恶因减少，这恶果便自然减少，他减少的程度和迟速，自然以我们努力的强弱为标准了。

我们的烦闷生活，将来可不可以完全脱离，都是个难以解答的疑问。但是由我们的努力改造能够比现在逐渐减少，这是可以相信不疑的。若是我们妄想以为上说的国际强权那些恶果一齐除去，我们便完全享受幸福，便完全脱离烦闷生活，这是和中国人起初妄想以为清朝倒了人民便有自由幸福，后来又妄想以为袁世凯倒了人民便有自由幸福同一谬误。人类本性上黑暗方面一日不扫除干净，个人的努力改造一日不能休息。一民族不努力改造，一民族必堕落以至灭亡。人类不努力改造，人类必堕落以至灭亡。努力改造纵然不能将人性上黑暗方面和烦闷生活完全扫除,总可以叫他比现在逐渐减少,除此便没有救济堕落以至灭亡的方法。我所以敢说,我们应该把"爱世努力的改造主义"当做社会中个人普遍的唯一信仰。

署名:陈独秀
《新青年》第六卷第四号
一九一九年四月十五日

陈独秀

蔡孑民先生逝世后感言
——作于四川江津

"人生自古谁无死",原来算不了什么,然而我对于蔡孑民先生之死,于公义,于私情,都禁不住有很深的感触!四十年来社会政治之感触!

我初次和蔡先生共事,是在清朝光绪末年。那时杨度生、何海樵、章行严等,在上海发起一个学习炸药以图暗杀的组织,行严写信招我,我由安徽一到上海便加入了这个组织,住上海月余,天天从杨度生、钟宪鬯试验炸药,这时孑民先生也常常来试验室练习、聚谈。我第二次和蔡先生共事,乃是民国五、六、七年间在北京大学,在北大和蔡先生共事较久,我知道他为人也较深了。

一般的说来,蔡先生乃是一位无可无不可的老好人;然有时有关大节的事或是他已下决心的事,都很倔强的坚持着,不肯通融,虽然态度还很温和;这是他老先生可令人佩服的第一点。自戊戌政变以来,蔡先生自己常常倾向于新的进步的运动,然而他在任北大校长时,对于守旧的陈汉章、黄侃,甚至主张清帝复辟的辜鸿铭,参与洪宪运动的刘师培,都因为他们学问可为人师而和胡适、钱玄同、陈独秀容纳在一校;这样容纳异己的雅量,尊重学术思想自由的卓见,在习于专制好同恶异的东方人中实所罕有;这是他老先生更可令人佩服的第二点。

蔡先生没有了,他的朋友,先生的学生,凡是追念蔡先生的人,都应该服膺他这两点美德呀!

蔡先生逝世后,有一位北大旧同学写信嘱我撰一文备登公祭时特刊之类，并且说："自五四起，时人间有废弃国粹与道德之议，先生能否于此文辟正之"，关于此问题，我的意见是这样：

凡是一个像样的民族，都有他的文化，或者说他的国粹；在全世界文化的洪炉中，各民族有价值的文化，即是可称为国"粹"而不是国"渣"的，都不容易被熔毁，甚至那一民族灭亡了，他的文化生命比民族生命还要长，问题是在一民族的文化，是否保存在自己民族手中，若一民族灭亡了，甚至还未灭亡，他的文化即国粹乃由别的民族来保存，那便糟透了，"保存国粹"之说，在这点是有意义的，如果有人把民族文化离开全世界文化孤独的来看待，把国粹离开全世界学术孤独的来看待，在保抱残守缺的旗帜之下，闭着眼睛自大排外，拒绝域外学术之输入，甚至拒绝用外国科学方法来做整理本国学问的工具，一切学术失了比较研究的机会，便不会择精语详，只有抱着国"渣"当做国"粹"，甚至于高喊读经的人，自己于经书的训诂义理毫无所知，这样的国粹家实在太糟了！

人与人相处的社会，法律之外，道德也是一种不可少的维系物，根本否认道德的人，无论他属哪一阶级、哪一党派，都必然是一个邪僻无耻的小人；但道德与真理不同，他是为了适应社会的需要而产生的，他有空间性和时间性，此方所视为道德的，别方则未必然；古时所视为不道德的，现代则未必然，譬如：活焚寡妇，在古代印度视为道德，即重视守节的中国人也未必以为然；寡妇再嫁，在中国视为不道德的事，在西洋即现时的中国，也不算得什么大不好的事；杀人是最不道德的事，然而在战场上能多杀伤人才算是勇士，殉葬和割股更是古代的忠孝美谈；男女平权之说，由西洋传到中国，当然和中国固有的道德即礼教，太不相容了，然而现代的中国绅士们，在这方面已不公然死守固有的道德了，其实男子如果实行男女平权，是需要强毅的自制力之道德的，总之，道德是应该随时代及社会制度变迁，而不是一成不变的；道德是用以自律，而不是拿来责人的；道德是要躬行实践，而不是放在口里乱喊的，道德喊声愈高的社会，那社会必然落后，愈堕落；反之，西洋诸大科学家的行为，不比道貌尊严的神父牧师坏；清代的朴学大师们，比同时汤斌、李光地等一班道学家的心术要善良的多，就以蔡先生而论，他是主张以美育代替宗教的，他是反对祀孔的，他从来不拿道德向人说教，可是他的品行要好过许多高唱道德的人。

这不仅是我个人的意见，我敢说蔡先生和适之先生在这两个问题上和我的意见大致是相同的；适之还活着，人们不相信可以去问他，凡是熟知蔡先生言行的人，也不至于认为我这话是死无对证信口开河。

五四运动，是中国现代社会发展之必然的产物，无论是功是罪，都不应该专归到哪几个人；可是蔡先生、适之和我，乃是当时在思想言论上负主要责任的人，关于重大问题，时论既有疑义，适之不在国内，后死的我，不得不在此短文中顺便申说一下，以告天下后世，以为蔡先生纪念！

署名：陈独秀
《中央日报》
一九四〇年三月二十四日

周作人

（1885年1月16日—1967年5月6日）

原名周櫆寿，后改名周作人，字星杓，又名启明、启孟、起孟，笔名遐寿、仲密、岂明，号知堂、药堂、独应等，浙江绍兴人。他是中国现代著名的散文家、文学理论家、评论家、诗人、翻译家、思想家，同时也是中国民俗学的开拓人之一，新文化运动的杰出代表。鲁迅（周树人）之弟，周建人之兄。曾任国立北京大学教授、东方文学系主任，燕京大学新文学系主任、客座教授等职务。在新文化运动中，是《新青年》的重要作者，并曾任"新潮社"主任编辑。五四运动之后，与郑振铎、沈雁冰、叶绍钧、许地山等人发起成立"文学研究会"；并与鲁迅、林语堂、孙伏园等创办《语丝》周刊，任主编和主要撰稿人。曾经担任北平世界语学会会长。晚年主要从事翻译工作。著作包括《自己的园地》《雨天的书》《谈龙集》《鲁迅的故家》《鲁迅小说中的人物》《知堂文集》《知堂回想录》等，译作有《日本狂言选》《伊索寓言》《路吉阿诺斯对话集》等。

像我们将近「不惑」的人，尝过了凡人的苦乐，此外别无想做皇帝的野心，也就不觉得还有舍不得的快乐。

死之默想

四世纪时希腊厌世诗人巴拉达思作有一首小诗道:

(Polla laleis, anthrope——Palladas)

"你太饶舌了,人呵,不久将睡在地下;

住口吧,你生存时且思索那死。"

这是很有意思的话。关于死的问题,我无事时也曾默想过(但不坐在树下,大抵是在车上),可是想不出什么来——这或者因为我是个"乐天的诗人"的缘故吧?但是其实我何尝一定崇拜死,有如曹慕管君,不过我不很能够感到死之神秘,所以不觉得有思索十日十夜之必要。于形而上的方面也就不能有所饶舌了。

窃察世人怕死的原因,自有种种不同,"以愚观之"可以定为三项,其一是怕死时的苦痛,其二是舍不得人世的快乐,其三是顾虑家族。苦痛比死还可怕,这是实在的事情。十多年前有一个远房的伯母,十分困苦,在十二月底想投河寻死(我们乡间的河是经冬不冻的),但是投了下去,她随即走了上来,说是因为水太冷了。有些人要笑她痴也未可知,但这却是真实的人情。倘若有人能够切实保证,诚如某生物学家所说,被猛兽咬死痒苏苏地很是愉快,我想一定有许多人裹粮入山去投身饲饿虎的了。可惜这一层不能担保,有些对于别项已无留恋的人因此也就不得不稍为踌躇了。

顾虑家族,大约是怕死的原因中之较小者,因为这还有救治的方法。将来如有一日,社会制度稍加改良,除施行善种的节制以外,大家不问老幼可以各尽所能,各取所需,凡平常衣食住，医药教育，均由公给，此上更好的享受再由个人自己的努力去取得，那么这种顾虑就可以不要，便是夜梦也一定平安得多了。不过我所说的原是空想，实现还不知在几十百年之后，而且到底未必实现也说不定，那么也终是远水不救近火，没有什么用处。比较确实的办法还是设法发财，也可以救济这个忧虑。为得安闲的死而求发财，倒是狠高雅的俗事；只是发财大不容易，不是我们都能做的事，况且天下之富人有了钱便反死不去，则此亦颇有危险也。

　　人世的快乐自然是狠可贪恋的，但这似乎只在青年男女才深切的感到，像我们将近"不惑"的人，尝过了凡人的苦乐，此外别无想做皇帝的野心，也就不觉得还有舍不得的快乐。我现在的快乐只想在闲时喝一杯清茶，看点新书（虽然近来因为政府替我们储蓄，手头只有买茶的钱），无论它是讲虫鸟的歌唱，或是记贤哲的思想，古今的刻绘，都足以使我感到人生的欣幸。然而朋友来谈天的时候，也就放下书卷，何况"无私神女"(Atropos)的命令呢？我们看路上许多乞丐，都已没有生人乐趣，却是苦苦的要活着，可见快乐未必是怕死的重大原因；或者舍不得人世的苦辛也足以叫人留恋这个尘世罢。讲到他们，实在已是了无牵挂，大可"来去自由"，实际却不能如此，倘若不是为了上边所说的原因，一定是因为怕河水比彻骨的北风更冷的缘故了？

　　对于"不死"的问题，又有什么意见呢？因为少年时当过五六年的水兵，头脑中多少受了唯物论的影响，总觉得造不起"不死"这个观念来，虽然我狠喜欢听荒唐的神话。即使照神话故事所讲，那种长生不老的生活我也一点儿都不喜欢。住在冷冰冰的金门玉阶的屋里，吃着五香牛肉一类的麟肝凤脯，天

120

天游手好闲,不在松树下着棋,便同金童玉女厮混,也不见得有什么趣味,况且永远如此,更是单调而且困倦了。又听人说,仙家的时间是与凡人不同的,诗云"山中方七日,世上已千年。"所以烂柯山下的六十年在棋边只是半个时辰耳,那里会有日子太长之感呢?但是由我看来,仙人活了二百万岁也只抵得人间的四十春秋,这样浪费时间无裨实际的生活,殊不值得费尽了心机去求得他;倘若二百万年后劫波到来,就此溘然,将被五十岁的凡夫所笑。较好一点的还是那西方凤鸟(Phoenix)的办法,活上五百年,便尔蜕去,化为幼凤,这样的轮回倒很好玩的——可惜他们是只此一家,别人不能仿作。大约我们还只好在这被容许的时光中,就这平凡的境地中,寻得些须的安闲悦乐,即是无上幸福:至于"死后,如何?"的问题,乃是神秘派诗人的领域,我们平凡人对于成仙做鬼都不关心,于此自然就没有什么兴趣了。

十三年十二月

(1924年12月22日刊于《语丝》第6期,署名开明)

沉默

林语堂先生说,法国一位演说家劝人缄默,成书三十卷为世所笑,所以我现在做讲沉默的文章,想竭力节省,以原稿纸三张为度。

提倡沉默从宗教方面讲来,大约很有材料,神秘主义里很看重沉默,美忒林克便有一篇极妙的文章。但是我并不想这样做,不仅因为怕有拥护宗教的嫌疑,实在是没有这种知识与才力。现在只就人情世故上着眼说一说罢。

沉默的好处第一是省力。中国人说,多说话伤气,多写字伤神。不说话不写字大约是长生之基,不过平常人总不易做到。那么一时的沉默也就很好,于我们大有裨益。三十小时草成一篇宏文,连睡觉的时光都没有,第三天必要头痛;演说家在讲台上呼号两点钟,难免口干喉痛,不值得甚矣。若沉默,则可无此种劳苦——虽然也得不到名声。

沉默的第二个好处是省事。古人说"口是祸门",关上门,贴上封条,祸便无从发生("闭门家里坐,祸从天上来",那只是算是"空气传染",又当别论),此其利一。自己想说服别人,或是有所辩解,照例是没有什么影响,而且愈说愈渺茫,不如及早沉默,虽然不能因此而说服或辩明,但至少是不会增添误会。又或别人有所陈说,在这方面也照例不很能理解,极不容易答复,这时候沉默是适当的办法之一。古人说不言是最大的理解,这句话或者有深奥的道理,据我想则在我至少可以藏过不理解,而在他就可以有猜想被理解之自由。沉默之好处的好处,此其二。

善良的读者们，不要以为我太玩世（Cynical）了吧。老实说，我觉得人之互相理解是至难——即使不是不可能的事，而表现自己之真实的感情思想也是同样地难。我们说话作文，听别人的话，读别人的文，以为互相理解了，这是一个聊以自娱的如意的好梦，好到连自己觉到了的时候也还不肯立即承认，知道是梦了却还想在梦境中多流连一刻。其实我们这样说话作文无非只是想这样做，想这样聊以自娱，如其觉得没有什么可娱，那么尽可简单地停止。我们在门外草地上翻几个筋斗，想象那对面高楼上的美人看着，（明知她未必看见），很是高兴，是一种办法；反正她不会看见，不翻筋斗了，且卧在草地上看云罢，这也是一种办法。两者都是对的，我这回是在做第二个题目罢了。

我是喜欢翻筋斗的人，虽然自己知道翻得不好。但这也只是不巧妙罢了，未必有什么害处，足为世道人心之忧。不过自己的评语总是不大靠得住的，所以在许多知识阶级的道学家看来，我的筋斗都翻得有点不道德，不是这种姿势足以坏乱风俗，便是这个主意近于妨害治安。这种情形在中国可以说是意表之内的事，我们也并不想因此而变更态度，但如民间这种倾向到了某一程度，翻筋斗的人至少也应有想到省力的时候了。

三张纸已将写满，这篇文应该结束了。我费了三张纸来提倡沉默，因为这是对于现在中国的适当办法。——然而这原来只是两种办法之一，有时也可以择取另一办法：高兴的时候弄点小把戏，"借资排遣"。将来别处看有什么机缘，再来聒噪，也未可知。

一九二四年七月二十日

（1924年7月23日刊于《晨报副镌》，署名朴念仁）

死法

"人皆有死",这句格言大约是确实的,因为我们没有见过不死的人,虽然在书本上曾经讲过有这些东西,或称仙人,或是"尸忒卢耳不卢格"(Strulbrug),这都没有多大关系。不过我们既然没有亲眼见过,北京学府中静坐道友又都剩下蒲团下山去了,不肯给予凡人以目击飞升的机会,截至本稿上版时止本人遂不能不暂且承认上述的那句格言,以死为生活之最末后的一部分,犹之乎恋爱是中间的一部分,——自然,这两者有时并在一处的也有,不过这仍然不会打破那个原则,假如我们不相信死后还有恋爱生活。总之,死既是各人都有分的,那么其法亦可得而谈谈了。

统计世间死法共有两大类,一曰"寿终正寝",二曰"死于非命"。寿终的里面又可以分为三部。一是老熟,即俗云灯尽油干,大抵都是"喜丧",因为这种终法非八九十岁的老太爷老太太莫办,而佢们此时必已四世同堂,一家里拥上一两百个大大小小男男女女,实在有点住不开了,所以渠的出缺自然是很欢送的。二是猝毙,某一部机关发生故障,突然停止进行,正如钟表之断了发条,实在与磕破天灵盖没有多大差别,不过因为这是属于内科的,便是在外面看不出痕迹,故而也列入正寝之部了。三是病故,说起来似乎很是和善,实际多是那"秒生"(Bacteria)先生作的怪,用了种种凶恶的手段,谋害"蚁命",快的一两天还算是慈悲,有些简直是长期的拷打,与"东厂"不相上下,那真是厉害极了。总算起来,一二都倒还没有什么,但是长寿非可幸求,希望心脏麻痹又与求仙之难无异,大多数人的运命还只是轮到病故。揆诸吾人避苦求乐之意实属大相径庭,所以欲得好的死法,我们不得不离开了寿终而求诸死于非命了。

非命的好处便是在于他的突然,前一刻钟明明是还活着的,后一刻钟就直挺地死掉了,即使有苦痛(我是不大相信)也只有这一刻,这是他的独门的好处。不过这也不能一概而论。十字架据说是罗马处置奴隶的刑具,把他钉在架子上,让他活活地饿死或倦死,约莫可以支撑过几天;茶毗是中世纪卫道的人对付异端的,不但当时烤得难过,随后还剩下些零星末屑,都觉得不很好。车边斩原是很爽利,是外国贵族的特权,也是中国好汉所欢迎的,但是孤另另的头像是一个西瓜,或是"柚子",如一位友人在长沙所见,似乎不大雅观,因为一个人的身体太走了样了。吞金喝盐卤呢,都不免有点妇女子气,吃鸦片烟又太有损名誉了,被人叫做烟鬼,即使生前并不曾"与芙蓉城主结不解缘"。怀沙自沉,前有屈大夫,后有……,倒是颇有英气的,只恐怕泡得太久,却又不为鱼鳖所亲,像治咳嗽的"胖大海"似的,殊少风趣,吊死据说是很舒服,(注意:这只是据说,真假如何我不能保证,)有岛武郎与波多野秋子便是这样死的,有一个日本文人曾经半当真半取笑地主张,大家要自尽应当都用这个方法。可是据我看来也有很大的毛病。什么书上说有缢鬼降乩题诗云:

"目如鱼眼四时开,身若悬旌终日挂。"

(记不清了,待考;仿佛是这两句,实在太不高明,恐防是不第秀才做的。)又听说英国古时盗贼处刑,便让他挂在架上,有时风吹着骨节珊珊作响,(这些话自然也未可尽信,因为盗贼不会都是锁子骨,然而"听说"如此,我也不好一定硬反对,)虽然有点唐珊尼爵士(Lord Dunsany)小说的风味,总似乎过于怪异——过火一点。想来想去都不大好,于是乎最后想到枪毙。枪毙,这在现代文明里总可以算是最理想的死法了。他实在同丈八蛇矛嚓喇一下子是一样,不过更文明了,便是说更便利了,不必是张翼德也会使用,而且使用得那样地广和多!在身体上钻一个窟窿,把里面的机关搅坏一点,流出些蒲公英的白汁似的红水,这件事就完了:你看多么简单。简单就是安乐,这比什么病都好得多了。

我写这篇文章或者有点受了正冈子规的俳文《死后》的暗示,但这里边的话和意思都是我自己的。又上文所说有些是玩话,有些不是,合并声明。

十五年五月案,所说俳文《死后》已由张凤举先生译出,登在《沉钟》第六期上。十六年八月编校时再记。

（1926年5月31日刊于《语丝》第81期,署名岂明）

梁遇春

（1906年2月5日—1932年6月25日）

笔名秋心、驭聪等。福建闽侯人。中国现代散文家、翻译家。1922年就读于北京大学。1928年毕业后曾到上海暨南大学任教。1930年返回母校，在北京大学图书馆工作。因不幸染上急性猩红热，于1932年6月25日猝然去世，年仅二十六岁。

1926年开始在《语丝》《奔流》《骆驼草》《新月》等刊物上发表作品。1930年上海北新书局出版了他的第一本散文集《春醪集》，1934年上海开明书店出版了他的第二本散文集《泪与笑》。英语译作有二十多种，以《英国诗歌选》和英国的《小品文选》影响最大。

生不是由我们自己发动的,
死却常常是我们自己去找的。

人死观

　　恍惚前二三年有许多学者热烈地讨论人生观这个问题,后来忽然又都搁笔不说,大概是因为问题已经解决了罢!到底他们的判决词是怎么样,我当时也有些概念,可惜近来心中总是给一个莫明其妙不可思议的烦闷罩着,把学者们拼命争得的真理也忘记了。这么一来,我对于学者们只可面红耳热地认做不足教的蠢货;可是对于我自己也要找些安慰的话,使这徬徨无依黑云包着的空虚的心不至于再加些追悔的负担。人生观中间的一个重要问题不是人生的目的么?可是我们生下来并不是自己情愿的,或者还是万不得已的,所以小孩一落地免不了娇啼几下。既然不是出自我们自己意志要生下来的,我们又怎么能够知道人生的目的呢?湘鄂的土豪劣绅给人拿去游街,他自己是毫无目的,并且他也未必想去明白游街的意义。小河是不得不流自然而然地流着,它自身却什么意义都没有,虽然它也曾带瓣落花到汪洋无边的海里,也曾带爱人的眼泪到他的爱人的眼前。勃浪宁把我们比做大匠轮上滚成的花瓶。我客厅里有一个假康熙彩的大花瓶,我对它发呆地问它的意义几百回,它总是呆呆地站着,说不出一句话来。但是我却知道花瓶的目的同用处。人生的意义,或者只有上帝才晓得吧!还有些半疯不疯的哲学家高唱"人生本无意义,让我们自己做些意义。"梦是随人爱怎么做就怎么做的,不过我想梦最终脱不了是一个梦罢,黄粱不会老煮不熟的。

　　生不是由我们自己发动的,死却常常是我们自己去找的。自然在世上多数人是"寿终正寝"的,可是自杀的也不少,或者是因为生活的压迫，也有是怕现在的快乐不能够继续下去而想借死来消灭将来的不幸，像一对夫妇感情极好却双双服毒同尽的(在嫖客娼妓中间更多)，这些人都是以口问心，以心问口商量好去找死的。所以死对他们是有意义的，而且他们是看出些死的意义的人。我们既然在人生观这个迷园里走了许久，何妨到人死观来瞧一瞧呢。可惜"君子见其生不忍见其死"，所以学者既不摇旗呐喊在前，高唱各种人死观的论调，青年们也无从追随奔走在后。"天下兴亡，匹夫有责"，因此我做这部人死观，无非出自抛砖引玉的野心，希望能够动学者的心，对人死观也在切实研究之后，下个放之四海而皆准的判断。

若使生同死是我们的父母——不，我们不这样说，我们要征服自然——若使生同死是我们的子女，那么死一定会努着嘴抱怨我们偏心，只知道"生"不管"死"，一心一意都花在生上面。真的，不止我们平常时都是想着生。Hazlitt 死时候说："好吧！我有过快乐的一生。"("Well. I've had a happy life.")他并没想死是怎么一回事。Charlotte Bronte 临终时候还对她的丈夫说："呵，我现在是不会死的，我会不会吗？上帝不至于分开我们，我们是这么快乐。"("Oh! I am not going to die, am I? He will not separate us, we have been so happy.")这真是不到黄河心不死。为什么我们这么留恋着生，不肯把死的神秘想一下呢？并且有时就是正在冥想死的伟大，何曾是确实把死的实质拿来咀嚼，无非还是向生方面着想，看一下死对于生的权威。做官做不大，发财发不多，打战打败仗，于是乎叹一口气说："千古英雄同一死！"和"自古皆有死，莫不饮恨而吞声，任他生前何等威风赫赫，死后也是一样的寂寞"。这些话并不是真的对于死有什么了解，实在是怀着嫉妒，心惦着生，说风凉话，解一解怨气。在这里生对死，是借他人之纸笔，发自己之牢骚。死是在那里给人利用做抓爆栗子的猫脚爪，生却嘻皮涎脸地站在旁边受用。让我翻一段 Sir W. Raleigh（沃尔特·雷利）在《世界史》(*The History of the World*) 里的话来代表普通人对于死的观念罢。

"只有死才能够使人了解自己，指示给骄傲人看他也不过是个普通人，使他厌恶过去的快乐；他证明富人是个穷光蛋，除壅塞在他口里的沙砾外，什么东西对他都没有意义；当他举起他的镜在绝色美人面前，他们看见承认自己的毛病同腐朽。呵！能够动人，公平同有力的死呀，谁也不能劝服的你能够说服；谁也不敢想做的事，你做了；全世界所谄媚的人，你把他掷在世界以外，看不起他：你曾把人们的一切伟大，骄傲，残忍，雄心集在一块，用小小两个字'躺在这里'盖尽一切。"

Death alone can make man know himself, show the proud and insolent that he is but object, and can make him hate his forepassed happiness; the rich man be proved a naked beggar, which hath interest in nothing but the gravel that fills his mouth; and when he holds his glass before the eyes of the most beautiful, they see and acknowledge their own deformity and rottenness. O eloquent, just and mighty death whom none could advise, thou hast persuaded what none hath presumed, thou hast cast out of the world and despised; thou hast drawn together all the extravagant greatness, all the pride, cruelty and ambition of man, and covered all over with two narrow words: "Hic jacet."

这里所说的是平常人对于死的意见,不过用伊利沙伯时代文体来写壮丽点,但是我们若使把它细看一番,就知道里头只含了对生之无常同生之无意义的感慨,而对着死国里的消息并没有丝毫透露出来。所以倒不如叫做生之哀辞,比死之冥想还好些。一般人口头里所说关于死的思想,剥蕉抽茧看起来,中间只包了生的意志,那里是老老实实的人死观呢。

庸人不足论,让我们来看一看沉着声音,两眼渺茫地望着青天的宗教家的话。他们在生之后编了一本"续编"。天堂地狱也不过如此如此。生与死给他们看来好似河岸的风景同水中反映的影景一样,不过映在水中的经过绿水特别具一种缥渺空灵之美。不管他们说的来生是不是镜花水月,但是他们所说死后的情形太似生时,使我们心中有些疑惑。因为若使死真是不过一种演不断的剧中一会的闭幕,等会笛鸣幕开,仍然续演,那么死对于我们绝对不会有这么神秘似的,而幽明之隔,也不至于到现在还没有一线的消息。科学家对死这问题,含糊说了两句不负责任的话,而科学家却常常仍旧安身立命于宗教上面。而宗教家对死又是不敢正视,只用着生的现象反映在他们西洋镜,做成八宝楼台。说来说去还在执着人生观,用遁辞来敷衍人死观。

还有好多人一说到死就只想将死时候的苦痛。George Gissing(乔治·吉辛)在他的《草堂随笔》(*The Private Papers of Henry Ryrcroft*)说生之停止不能够使他恐怖,在床上久病却使他想起会害怕。当该萨(Caesar)被暗杀前一夕,有人问那种死法最好,他说"要最仓猝迅速的!"(That which should be most sudden!)疾病苦痛是生的一部分,同死的实质满不相干。以上这两位小窃军阀说的话还是人生观,并不能对死有什么真了解。

为什么人死观老是不能成立呢?为什么谁一说到死就想起生,由是眼睛注着生噜噜哧哧说一阵遁辞,而不抓着死来考究一下呢?约翰生(Johnson)曾对Boswell(鲍斯威尔)说:"我们一生只在想离开死的思想。"("The whole of life is but keeping away the thought of death.")死是这么一个可怕着摸不到的东西,我们总是设法回避它,或者将生死两个意义混起,做成一种骗自己的幻觉。可是我相信死绝对不是这么简单乏味的东西。Andreyev(安德列耶夫)是窥得点死的意义的人。他写Lazarus(拉撒路)来象征死的可怕,写《七个缢死的人》(The seven that were hanged)来表示死对于人心理的影响。虽然这两篇东西我们看着都会害怕,它们中间都有一段新奇耀目的美。Christina Rossetti, Edgar Allan Poe, Ambrose Bieree 同Lord Dunsang对着死的本质也有相当的了解,所以他们著作里面说到死常常有种凄凉灰白色的美。有人解释Andreyev,说他身旁四面都被围墙围着,而在好多墙之外有一个一切墙的墙——那就是死。我相信在这一切墙的墙外面有无限的风光,那里有说不出的好境,想不来的情调。我们对生既然觉得二十四分的单调同乏味,为什么不勇敢地放下一切对生留恋的心思,深深地默想死的滋味。压下一切懦弱无用的恐怖,来对死的本体睁着细看一番。我平常看到骸骨总觉有一种不可名言的痛快,它是这么光着,毫无所怕地站在你面前。我真想抱着他来探一探它的神秘,或者我身里的骨,会同他有共鸣的现象,能够得到一种新的发现。骸骨不过是死宫的门,已经给我们这种无量的欢悦,我们为什么不漫步到宫里,看那千奇万怪的建筑呢。最少我们能够因此遁了生之无聊(ennui)的压迫,

De Quincy（德·昆西）只将"猝死"、"暗杀"……当作艺术看，就现出了一片瑰奇伟丽的境界。何况我们把整个死来默想着呢？来，让我们这会死的凡人来客观地细玩死的滋味：我们来想死后灵魂不灭，老是这么活下去，没有了期的烦恼；再让我们来细味死后什么都完了，就归到没有了的可哀；永生同灭绝是一个极有趣味的 dilemma（二难推理），我们尽可和死亲昵着，赞美这个 dilemma 做得这么完美无疵，何必提到死就两对牙齿打战呢？人生观这把戏，我们玩得可厌了，换个花头吧，大家来建设个好好的人死观。

在 Carlyle（卡莱尔）的 *The life of John Sterling*（约翰·斯特林的一生）中有一封 Sterling 在快病死时候写给 Carlyle 的信，中间说：

"它（死）是很奇怪的东西，但是还没有旁观者所觉得的可悲的百分之一。"

"It is all very strange, but not one hundredth part so sad as it seems to the standers-by."

十六年八月三日于福州 Sweet Home

途中

梁遇春

今天是个潇洒的秋天，飘着零雨，我坐在电车里，看到沿途店里的伙计们差不多都是懒洋洋地在那里谈天，看报，喝茶——喝茶的尤其多，因为今天实在有点冷起来了。还有些只是倚着柜头，望望天色。总之纷纷扰扰的十里洋场顿然现出闲暇悠然的气概，高楼大厦的商店好像都化做三间两舍的隐庐，里面那班平常替老板挣钱，向主顾陪笑的伙计们也居然感到了生活余裕的乐处，正在拉闲扯散地过日，仿佛全是古之隐君子了。路上的行人也只是稀稀的几个，连坐在电车里面上银行去办事的洋鬼子们也燃着烟斗，无聊赖地看报上的广告，平时的燥气全消，这大概是那件雨衣的效力罢！到了北站，换上去西乡的公共汽车，雨中的秋之田野是别有一种风味的。外面的濛濛细雨是看不见的，看得见的只是车窗上不断地来临的小雨点，同河面上错杂得可喜的纤纤雨脚。此外还有粉般的小雨点从破了的玻璃窗进来，栖止在我的脸上。我虽然有些寒战，但是受了雨水的洗礼，精神变成格外地清醒。已撄世网，醉生梦死久矣的我真不容易有这么清醒，这么气爽。再看外面的景色，既没有像春天那娇艳得使人们感到它的不能久留，也不像冬天那样树枯草死，好似世界是快毁灭了，却只是静默默地，一层轻轻的雨雾若隐若现地盖着，把大地美化了许多，我不禁微吟着乡前辈姜白石的诗句，真是"人生难得秋前雨"。忽然想到今天早上她皱着眉头说道："这样凄风苦雨的天气，你也得跑那么远的路程，这真可厌呀！"我暗暗地微笑。她哪里晓得我正在凭窗赏玩沿途的风光呢？她或者以为我现在必定是哭丧着脸,像个到刑场的死囚,万不会想到我正流连着这叶尚未凋,草已添黄的秋景。同情是难得的,就是错误的同情也是无妨,所以我就让她老是这样可怜着我的仆仆风尘罢;并且有时我有什么逆意的事情,脸上露出不豫的颜色,可以借路中的辛苦来遮掩,免得她一再追究,最后说出真话,使她凭添了无数的愁绪。

其实我是个最喜欢在十丈红尘里奔走道路的人。我现在每天在路上的时间差不多总在两点钟以上,这是已经有好几月了,我却一点也不生厌,天天走上电车,老是好像开始蜜月旅行一样。电车上和道路上的人们彼此多半是不相识的,所以大家都不大拿出假面孔来,比不得讲堂里,宴会上,衙门里的人们那样彼此拼命地一味敷衍。公园,影戏院,游戏场,馆子里面的来客个个都是眉花眼笑的,最少也装出那么样子,墓地,法庭,医院,药店的主顾全是眉头皱了几十纹的,这两下都未免太单调了,使我们感到人世的平庸无味。车子里面和路上的人们却具有万般色相,你坐在车里,只要你睁大眼睛不停地观察了三十分钟,你差不多可以在所见的人们脸上看出人世一切的苦乐感觉同人心的种种情调。你坐在位子上默默地鉴赏,同车的客人们老实地让你从他们的形色举止上去推测他们的生平同当下的心境,外面的行人一一现你眼前,你尽可恣意瞧着,他们并不会晓得,而且他们是这么不断地接连走过,你很可以拿他们来彼此比较,这种普通人的行列的确是比什么赛会都有趣得多,路上源源不绝的行人可说是上帝设计的赛会,当然胜过了我们佳节时红红绿绿的玩意儿了。并且在路途中我们的心境是最宜于静观的,最能吸收外界的刺激的。我们通常总是有事干,正经事也好,歪事也好,我们的注意免不了特别集中在一点上，只有路途中，尤其走熟了的长路，在未到目的地以前，我们的方寸是悠然的，不专注于一物，却是无所不留神的，在匆匆忙忙的一生里，我们此时才得好好地看一看人生的真况。所以无论从那一方面说起，途中是认识人生最方便的地方。车中，船上同人行道可说是人生博览会的三张入场券，可惜许多人把它们当做废纸，空走了一生的路。我们有一句古话："读万卷书，行万里路。"所谓行万里路自然是指走遍名山大川，通都大邑，但是我觉换一个解释也是可以。一条的路你来往走了几万遍，凑成了万里这个数目，只要你真用了你的眼睛，你就可以算是懂得人生的人了。俗语说道："秀才不出门，能知天下事"，我们不幸未得入泮，只好多走些路，来见见世面罢！对于人生有了清澈的观照，世上的荣辱祸福不足以扰乱内心的恬静，我们的心灵因此可以获到永久的自由，可见个个的路都是到自由的路，并不限于罗素先生所钦定的：所怕的就是面壁参禅，目不窥路的人们，他们自甘沦落，不肯上路，的确是无法可办。读书是间接地去了解人生，走路是直接地去了解人生，一落言诠，便非真谛，所以我觉得万卷书可以搁开不念，万里路非放步走去不可。

了解自然，便是非走路不可。但是我觉得有意的旅行倒不如通常的走路那样能与自然更见亲密。旅行的人们心中只惦着他的目的地，精神是紧张的。实在不宜于裕然地接受自然的美景。并且天下的风光是活的，并不拘泥于一谷一溪，一洞一岩，旅行的人们所看的却多半是这些名闻四海的死景，人人莫名其妙地照例赞美的胜地。旅行的人们也只得依样葫芦一番，做了万古不移的传统的奴隶。这又何苦呢？并且只有自己发现出的美景对着我们才会有贴心的亲切感觉，才会感动了整个心灵，而这些好景却大抵是得之偶然的，绝不能强求。所以有时因公外出，在火车中所瞥见的田舍风光会深印在我们的心坎里，而花了盘川，告了病假去赏玩的名胜倒只是如烟如雾地浮动在记忆的海里。今年的春天同秋天，我都去了一趟杭州，每天不是坐在划子里听着舟子的调度，就是跑山，恭敬地聆着车夫的命令，一本薄薄的指南隐隐地含有无上的威权，等到把所谓胜景一一领略过了，重上火车，我的心好似去了重担。当我再继续过着我通常的机械生活，天天自由地东瞧西看，再也不怕受了舟子，车夫，游侣的责备，再也没有什么应该非看不可的东西，我真快乐得几乎发狂。西泠的景色自然是渐渐消失得无影无迹，可惜消失得太慢，起先还做了我几个噩梦的背境。当我梦到无私的车夫，带我走着崎岖难行的宝石山或者光滑不能住足的往龙井的石路，不管我怎样求免，总是要迫我去看烟霞洞的烟霞同龙井的龙角。谢谢上帝，西湖已经不再浮现在我的梦中了。而我生平所最赏心的许多美景是从到西乡的公共汽车的玻璃窗得来的。我坐在车里，任它一上一下，一左一右地跳荡，看着老看不完的十八世纪长篇小说，有时闭着书随便望一望外面天气，忽然觉得青翠迎人，遍地散着香花，晴天现出不可描摹的蓝色。我顿然感到春天已到大地，这时我真是神魂飞在九霄云外了。再去细看一下，好景早已过去，剩下的是闸北污秽的街道，明天再走到原地，一切虽然仍旧，总觉得有所不足，与昨天是不同的，于是乎那天的景色永留在我的心里。甜蜜的东西看得太久了也会厌烦，真真的好景都该这样一瞬即逝，永不重来。婚姻制度的最大毛病也就是在于日夕聚首：将一切好处都因为太熟而化成坏处了。此外在热狂的夏天，风雪载途的冬季我也常常出乎意料地获到不可名言的妙境，滋润着我的心田。会心不远，真是陆放翁所谓的"何处楼台无月明"。自己培养有一个易感的心境，那么走路的确是了解自然的捷径。

"行"不单是可以使我们清澈地了解人生同自然，它自身又是带有诗意的，最浪漫不过的。雨雪霏霏，杨柳依依，这些境界只有行人才有福享受的。许多奇情逸事也都是靠着几个人的漫游而产生的。《西游记》，《镜花缘》，《老残游记》，Cervantes（塞万提斯，西班牙小说家）的《吉诃德先生》(*Don Quixote*)，Swift（斯威夫特，英国文学家）的《海外轩渠录》(*Gulliver's Travels*)，Bunyan（班扬，英国作家）的《天路历程》(*Pilgrim's Progress*)，Cowper（科伯，英国诗人）的《痴汉骑马歌》(*John Gilpin*)，Dickens（狄更斯）的 *Pickwick Papers*，Byron（拜伦，英国诗人）的 *Childe Harold's Pilgrimage*，Fielding（菲尔丁，英国小说家）的 *Joseph Andrews*，Gogols（果戈理）的 *Dead Souls* 等不可一世的杰作没有一个不是以"行"为骨子的，所说的全是途中的一切，我觉得文学的浪漫题材在爱情以外，就要数到"行"了。陆放翁是个豪爽不羁的诗人，而他最出色的杰作却是那些纪行的七言。我们随便抄下两首，来代我们说出"行"的浪漫性罢！

剑南道中遇微雨

衣上征尘杂酒痕，远游无处不销魂。

此身合是诗人未，细雨骑驴入剑门。

南定楼遇急雨

行遍梁州到益州，今年又作度泸游。

江山重复争供眼，风雨纵横乱入楼。

人语朱离逢峒獠，棹歌欸乃下吴州。

天涯住稳归心懒，登览茫然却欲愁。

　　因为"行"是这么会勾起含有诗意的情绪的，所以我们从"行"可以得到极愉快的精神快乐，因此"行"是解闷销愁的最好法子，将濒自杀的失恋人常常能够从漫游得到安慰，我们有时心境染了凄迷的色调，散步一下，也可以解去不少的忧愁。Howthorne（霍桑，美国作家）同Edgar Allan Poe（爱伦·坡，美国作家）最爱描状一个心里感到空虚的悲哀的人不停地在城里的各条街道上回复地走了又走，以冀对于心灵的饥饿能够暂时忘却。Dostoievsky（陀思妥耶夫斯基）的《罪与罚》里面的Raskolnikov犯了杀人罪之后，也是无目的到处乱走，仿佛走了一下，会减轻了他心中的重压。甚至于有些人对于"行"具有绝大的趣味，把别的趣味一齐压下了，Stevenson（斯蒂文生，英国小说家）的《流浪汉之歌》就表现出这样的一个人物，他在最后一段里说道："财富我不要，希望，爱情，知己的朋友，我也不要；我所要的只是上面的青天同脚下的道路。"

> Wealth I ask not, hope nor love,
>
> Nor a friend to know me;
>
> All I ask, the heaven above
>
> And the road below me.

　　Walt Whitman（惠特曼，美国诗人）也是一个歌颂行路的诗人,他的《大路之歌》真是"行"的绝妙赞美诗,我就引他开头的雄浑诗句来做这段的结束罢!

Afoot and light-hearted I take to the open road,

Healthy, free, the world before me,

The long brown path before me leading wherever I choose.

我们从摇篮到坟墓也不过是一条道路,当我们正寝以前,我们可说是老在途中。途中自然有许多的苦辛,然而四围的风光和同路的旅人都是极有趣的,值得我们跋涉这程路来细细鉴赏,除开这条悠长的道路外,我们并没有别的目的地,走完了这段征程,我们也走出了这个世界,重回到起点的地方了。科学家说我们就归于毁灭了,再也不能重走上这段路途。主张灵魂不灭的人们以为来日方长,这条路我们还能够一再重走了几千万遍。将来的事,谁去管它,也许这条路有一天也归于毁灭。我们还是今天有路今天走罢,最要紧的是不要闭着眼睛,朦胧一生,始终没有看到了世界。

十八年十一月五日

坟

你走后，我夜夜真是睡得太熟了，夜里绝不醒来，而且未曾梦见过你一次，岂单是没有梦见你，简直什么梦都没有了。看看钟，已经快十点了，就擦一擦眼睛，躺在床上，立刻睡着，死尸一样地睡了九个钟头，这是我每夜的情形。你才走后，我偶然还涉遐思，但是渺茫地忆念一会儿，我立刻喝住自己，叫自己不要胡用心力，因为"想你"是罪过，可说是对你犯一种罪。不该想而想，想我所不配想的人，这样行为在中古时代叫做"渎神"，在有皇冕的国家叫做"大不敬"。从前读Bury（伯里）的《思想自由史》，对于他开章那几句话已经很有些怀疑，他说思想总是自由的，所以我们普通所谓思想自由实在是指言论自由。其实思想何曾自由呢！天下个个人都有许多念头是自己不许自己去想的，我的不敢想你也是如此。然而，"不想你"也是罪过，对于自己的罪过。叫我自己不想你，去拿别的东西来敷衍自己的方寸，那真是等于命令自己将心儿从身里抓出，掷到垃圾堆中。所以为着面面俱圆起见，我只好什么也不想，让世上事物的浮光掠影随便出入我的灵台，我的心就这么毫不自动地凄冷地呆着。失掉了生活力的心怎能够弄出幻梦呢，因此我夜夜都尝了死的意味，过个未寿终先入土的生活，那是爱伦坡所喜欢的题材，那个有人说死在街头的爱伦坡呀！那个脸容是悲剧的结晶的爱伦坡呀！

可是，我心里却也不是空无一物，里面有一座小坟。"小影心头葬"，你的影子已深埋在我心里的隐处了。上面当然也盖一座石坟，两旁的石头照例刻上"春秋多佳日，山水有清音"这副对联,坟上免不了栽几棵松柏。这是我现在的"心境",的的确确的心境,并不是境由心造的。负上莫名其妙的重担,拖个微弱的身躯,蹒跚地在这沙漠上走着,这是世人共同的状态;但是心里还有一座石坟镇压得血脉不流,这可是我的专利。天天过坟墓中人的生活,心里却又有一座坟墓,正如广东人雕的象牙球,球里有球,多么玲珑呀!吾友沉海说过:"诉自己的悲哀,求人们给以同情,是等于叫花子露出胸前的创伤,请过路人施舍。"旨哉斯言!但是我对于我心里这个新冢颇有沾沾自喜的意思,认为这是我生命换来的艺术品,所以像 Coleridge(柯勒律治,英国诗人)诗里的古舟子那样牵着过路人,硬对他们说自己凄苦的心曲,甚至于不管他们是赴结婚喜宴的客人。

石坟上松柏的阴森影子遮住我一切年少的心情,"春秋多佳日,山水有清音",这二句诗冷嘲地守在那儿。十年前第一次到乡下扫墓,见到这两句对于死人嘲侃的话,我模糊地感到后死者对于泉下同胞的残酷。自然是这么可爱,人生是这么好玩,良辰美景,红袖青衫,枕石漱流,逍遥山水,这哪里是安慰那不能动弹的骷髅的话,简直是无缘无故的侮辱。现在我这座小坟上撒但刻了这十个字,那是十朵有尖刺的蔷薇,这般娇艳,这般刻毒地刺人。所以我觉得这一座坟是很美的,因为天下美的东西都是使人们看着心酸的。

我没有那种欣欢的情绪,去"长歌当哭",更不会轻盈地捧着含些朝露的花儿,自觉忧愁得很动人怜爱地由人群走向坟前,我也用不着拿扇子去搧干那湿土,当然也不是一个背个铁锄,想去偷坟的解剖学教授,我只是一个默默无言的守坟苍头而已。

郁达夫

(1896年12月7日—1945年9月17日)

男，原名郁文，浙江富阳人，中国现代作家、革命烈士。曾留学日本。

新文学团体"创造社"的发起人之一，为抗日救国而殉难的爱国主义作家。在文学创作的同时，还积极参加各种抗日组织，先后在上海、武汉、福州等地从事抗日救国宣传活动，著有《沉沦》《故都的秋》《春风沉醉的晚上》《过去》《迟桂花》《怀鲁迅》等作品。

1945年9月17日，被日军杀害于苏门答腊岛丛林。1952年，中华人民共和国中央人民政府追认郁达夫为革命烈士。1983年6月20日，中华人民共和国民政部授予其革命烈士证书。

人之所以比上帝厉害的地方，就在上帝要想自杀，也死不成功，而人却可以以他自己的意志，来解决自己的生命。

郁达夫

说死以及自杀情死之类

死是全部的生物必须经过的最后的一重门,但我们人类——尤其是中国人——仿佛对死这一件事情,来得特别的怕,因而在新年里,在喜庆场等地方,大家都不敢提到这一个字,以为不吉。其实我们人类是时时刻刻,日日年年,在那里死下去的,今日之我,并非昨日之我,一刻前之我,当然不是现在的一刻之我了。

死,怕它干吗?照英国裴孔(1561—1626)说来,人对死的恐怖,是因见了临终的难过,朋友的悲啼,丧葬的行列,与夫死相的难看等而增加,正如小孩的恐惧黑暗,会因听了大人的传说而增加一样。伟大善良,有作为的人,是不怕死的。裴孔在他那篇论死的文章里,并且还引了许多赛乃喀、该撒、在诺的话在那里,教人不要怕死,教人须做好人,做事业,热心于令名的流传。但我想写这一篇论文的裴孔自身,当伤了风,睡在他朋友家里的冷床之上,到了将死的时候,一定也在那里后悔的,后悔着不该去做那一回冰肉的试验,致受了寒。

哲人中间,话虽说得很透辟,年纪虽也活得相当的高,但对于死的恐怖,仍旧是避免不脱,到后来仍要去迷信鬼神的,很多很多。尤其年老的人,怕死更加怕得厉害,这只须读一读高尔基做的托尔斯泰的印象记,就可以晓得这位八十几岁的老先生对死是如何的恐怖了。

厌世哲学家爱杜华特·丰·哈尔脱曼,从科学的生物学的研究,而说到了人的不得不死。教人时时刻刻记住,生是偶然,而细胞的崩溃,与肉体的死去,却是千真万确,没有例外的。在这教训里，当然是可以使智者见智，仁者见仁，并不是在说，人横竖是要死的，还不是猫猫虎虎地过去一辈子就算了。反之，因感到了生也有涯，而知也无涯之故，加紧速力去用功做事业的人也不在少数，这原是死对人类的一种积极的贡献。

再退一步说，假使中国的各要人，都能想到最后是必有一个死在那里等他的话，那从我们四万万穷苦同胞身上所绞榨去的一百三十万万的公债，及不知几千万万的租税等，都不会变成私人的户头，存到外国银行里去了。人是总有一死的，要昧尽天良，搜括这么许多钱干吗？这岂不是死之一念，对人类的消极的贡献？可惜中国人只在怕死，而没有想到死的必不能避免。厌世哲学，从这一方面看来，我倒觉得在中国还有大来提倡的必要。

从厌世哲学里，必然要演绎出来的结论，是自杀。善哉，叔本华之言，"自杀何罪？"人之所以比上帝厉害的地方，就在上帝要想自杀，也死不成功（因为神是永生的），而人却可以以他自己的意志，来解决自己的生命。既然入世是苦，生存是空的时候，那自杀也不过是空中之空罢了，罪于何有？吃白食的宣教师们说自杀是罪恶，全系空谈，不通的立法者们，把自杀列入刑条，欲对自杀者加以重刑，尤其是滑稽得可笑。一个对死都没有恐惧的人，对于刑律的威胁，还有一点什么恐惧呢？

不过自杀既不是罪恶，而人生总不免一死的话，那直截了当，还不如大家去自杀去罢，倒可以免得许多麻烦。厌世哲学的真义，是不是在这里？这我想不但哈尔脱曼没有说过，就是厌世哲学的老祖宗叔本华也不在那么想的。否则像猴子似的这一位丑奴儿,何必要著他的《想象与观念的世界》,何必要见英国诗人贝郎而吃醋,何必要和他娘去为争财产而涉讼,何必要和一个同居的女裁缝师去打架呢?人之自杀,盖出于不得已也,必定要精神上的苦痛,能胜过死的时候的肉体上的苦痛的时候,才干得了的事情。若同吃茶喝酒一样,自杀是那么便利快乐的话,那受了重重压迫的中国民众,早就个个都去自杀了,谁还愿意去完粮纳税,为几个军阀要人做牛马呢?

快乐的自杀,有是一定有的,猜想起来,大约情死这一件事情,是比较其他的死来得快乐一点。"一声河满子,双泪落君前",还不算情死,绿珠、关盼盼、柳如是等,也算不得情死,至于黄慧如、马振华等,更不是情死了。快乐的情死,由我看来,在想象中出现的,只能算《金瓶梅》里的西门庆,这从肉体的方面着想,大约一定是同喝酒醉杀,跳舞跳杀是一样的结果。

其次在史实上出现,而死的时候,男女两人又各感到精神上的快乐的,大约总要算德国的薄命诗人亨利·克拉衣斯脱(Heinrich von Kleist, 1777—1811)和福艾儿夫人亨利爱戴(FrauHenrietteVogel)的情死了。当这快乐的耶稣圣诞节前,且向大家先告个罪儿,让我来把这一出悲壮的大戏剧的结末,详细说一说,权当作这一篇短文的煞尾吧!

克拉衣斯脱不幸,生作了和会向拿破仑低头,会对伐以玛公喀儿·奥古斯脱献媚而做大官的大诗人歌德并世的人。因而潦倒一生,弄得粥不全,声名狼藉,倒还是小事,到了一八一一年的时候,他的忧伤郁闷,竟使他对人类对世界的希望完全断绝,成了一个为忧郁症所压倒的病人。正在这前后,他因他朋友亚·弥勒(A.Muller)的介绍,认识了福艾儿夫人亨利爱戴。她的忧伤郁闷，多病多愁，却正好和克拉衣斯脱并驾齐驱。

两人之间，就因互爱音乐的结果，而成了莫逆的挚交。有一天克拉衣斯脱听了她的歌唱之后，觉得这高尚的颂赞歌诗，唱得分外的美丽，他就兴奋着对她说："多么美丽呀！这是最适合于自杀的时候的。"当时她还不说什么，只默默地对他凝视了一回。

后来她又问起他说："前回的戏言，你记不记得起了？我若要求你将我杀死的时候，你能不食言否？""我克拉衣斯脱是一诺千金的男子汉，哪会食言！"于是一八一一年十一月二十的午后，两个人就快快活活的坐车出了柏林，到了去朴此达姆有三五里远的万岁湖滨（Wansee）。在旅舍里高高兴兴的过了一夜，第二日并且还打发人送信到了城里。便在这翌日的午后，两个人散步到了湖滨的洼处，拍拍的两声，他们的多愁多病的躯壳，就此解脱了。

城里的朋友们接到了他们两人合写的很快乐的报告最后消息的信后，急急赶来，他们俩的不幸的灵魂，早就飞到了天国里去了。福艾儿夫人是向天躺着，一弹系从左胸部衣服解开之后穿入，从左肩后穿出的，两只纤手还好好地叠着搁在胸前。克拉衣斯脱是跪在亨利爱戴的面前，一弹系从嘴里打进脑里穿出的。两人的红白相间的面上，笑容都还在那里荡漾着哩！

　　　　一九三二年十二月，发表于《申报·自由谈》

一个人在途上

郁达夫

在东车站的长廊下和女人分开以后，自家又剩了孤零丁的一个。频年飘泊惯的两口儿，这一回的离散，倒也算不得什么特别，可是端午节那天，龙儿刚死，到这时候北京城里虽已起了秋风，但是计算起来，去儿子的死期，究竟还只有一百来天。在车座里，稍稍把意识恢复转来的时候，自家想起了卢骚晚年的作品《孤独散步者的梦想》的头上的几句话：

  自家除了己身以外，已经没有弟兄，没有邻人，没有朋友，没有社会了。自家在这世上，像这样的，已经成了一个孤独者了。……

然而当年的卢骚还有弃养在孤儿院内的五个儿子，而我自己哩，连一个抚育到五岁的儿子都还抓不住！

离家的远别，本来也只为想养活妻儿。去年在某大学的被逐，是万料不到的事情。其后兵乱迭起，交通阻绝，当寒冬的十月，会病倒在沪上，也是谁也料想不到的。今年二月，好容易到得南方，静息了一年之半，谁知这刚养得出趣的龙儿又会遭此凶疾呢？

龙儿的病报，本是在广州得着，匆促北航，到了上海，接连接了几个北京来的电报，换船到天津，已经是旧历的五月初十。到家之夜，一见了门上的白纸条儿，心里已经是跳得忙乱，从苍茫的暮色里赶到哥哥家中，见了衰病的她，因为在大众之前，勉强将感情压住，草草吃了夜饭，上床就寝，把电灯一灭，两人只有紧抱的痛哭，痛哭，痛哭，只是痛哭，气也换不过来，更哪里有说一句话的余裕？

受苦的时间,的确脱煞过去得太悠徐,今年的夏季,只是悲叹的连续。晚上上床,两口儿,哪敢提一句话?可怜这两个迷散的灵心,在电灯灭黑的黝暗里,所摸走的荒路,每会凑集在一条线上,这路的交叉点里,只有一块小小的墓碑,墓碑上只有"龙儿之墓"的四个红字。

妻儿因为在浙江老家内不能和母亲同住,不得已而搬往北京当时我在寄食的哥哥家去,是去年的四月中旬。那时候龙儿正长得肥满可爱,一举一动,处处教人欢喜。到了五月初,从某地回京,觉得哥哥家太狭小,就在什刹海的北岸,租定了一间渺小的住宅。夫妻两个,日日和龙儿伴乐,闲时也常在北海的荷花深处,及门前的杨柳阴中带龙儿去走走。这一年的暑假,总算过得最快乐,最闲适。

秋风吹叶落的时候,别了龙儿和女人,再上某地大学去为朋友帮忙,当时他们俩还往西车站去送我来哩!这是去年秋晚的事情,想起来还同昨日的情形一样。

过了一月,某地的学校里发生事情,又回京了一次,在什刹海小住了两星期,本来打算不再出京了,然碍于朋友的面子,又不得不于一天寒风刺骨的黄昏,上西车站去趁车。这时候因为怕龙儿要哭,自己和女人,吃过晚饭,便只说要往哥哥家里去,只许他送我们到门口。记得那一天晚上他一个人和老妈子立在门口,等我们俩去了好远,还"爸爸!爸爸!"的叫了好几声。啊啊,这几声的呼唤,是我在这世上听到的他叫我的最后的声音!

出京之后,到某地住了一宵,就匆促逃往上海。接续便染了病,遇了强盗辈的争夺政权,其后赴南方暂住,一直到今年的五月,才返北京。

想起来，龙儿实在是一个填债的儿子，是当乱离困厄的这几年中间，特来安慰我和他娘的愁闷的使者！

自从他在安庆生落以来，我自己没有一天脱离过苦闷，没有一处安住到五个月以上。我的女人，也和我分担着十字架的重负，只是东西南北的奔波飘泊。然当日夜难安，悲苦得不了的时候，只教他的笑脸一开，女人和我，就可以把一切穷愁，丢在脑后。而今年五月初十待我赶到北京的时候，他的尸体，早已在妙光阁的广谊园地下躺着了。

他的病，说是脑膜炎。自从得病之日起，一直到旧历端午节的午时绝命的时候止，中间经过有一个多月的光景。平时被我们宠坏了的他，听说此番病里，却乖顺得非常。叫他吃药，他就大口地吃，叫他用冰枕，他就很柔顺地躺上。病后还能说话的时候，只问他的娘："爸爸几时回来？""爸爸在上海为我定做的小皮鞋，已经做好了没有？"我的女人，于惑乱之余，每幽幽地问他："龙！你晓得你这一场病，会不会死的？"他老是很不愿意地回答说："哪儿会死的哩？"据女人含泪的告诉我说，他的谈吐，绝不似一个五岁的小儿。

未病之前一个月的时候，有一天午后他在门口玩耍，看见西面来了一乘马车，马车里坐着一个戴灰白色帽子的青年。他远远看见，就急忙丢下了伴侣，跑进屋里去叫他娘出来，说："爸爸回来了，爸爸回来了！"因为我去年离京时所戴的，是一样的一顶白灰呢帽。他娘跟他出来到门前，马车已经过去了，他就死劲的拉住了他娘，哭喊着说："爸爸怎么不家来吓？爸爸怎么不家来吓？"他娘说慰了半天，他还尽是哭着，这也是他娘含泪和我说的。现在回想起来，自己实在不该抛弃了他们，一个人在外面流荡，致使他那小小的灵心，常有这望远思亲之痛。

去年六月，搬往什刹海之后，有一次我们在堤上散步，因为他看见了人家的汽车，硬是哭着要坐，被我痛打了一顿。又有一次，也是因为要穿洋服，受了我的毒打。这实在只能怪我做父亲的没有能力，不能做洋服给他穿，雇汽车给他坐。早知他要这样的早死，我就是典当抢劫，也应该去弄一点钱来，满足他的无邪的欲望，到现在追想起来，实在觉得对他不起，实在是我太无容人之量了。

我女人说，濒死的前五天，在病院里，他连叫了几夜的爸爸！她问他："叫爸爸干什么？"他又不响了，停一会儿，就又再叫起来，到了旧历五月初三日，他已入了昏迷状态，医师替他抽骨髓，他只会直叫一声："干吗？"喉头的气管，咯咯在抽咽，眼睛只往上吊送，口头流些白沫，然而一口气总不肯断。他娘哭叫几声："龙！龙！"他的眼角上，就会迸流些眼泪出来，后来他娘看他苦得难过，倒对他说：

"龙！你若是没有命的，就好好的去吧！你是不是想等爸爸回来？就是你爸爸回来，也不过是这样的替你医治罢了。龙！你有什么不了的心愿呢？龙！与其这样的抽咽受苦，你还不如快快的去吧！"

他听了这段话，眼角上的眼泪，更是涌流得厉害。到了旧历端午节的午时，他竟等不着我的回来，终于断气了。

丧葬之后，女人搬往哥哥家里，暂住了几天。我于五月十日晚上，下车赶到什刹海的寓宅，打门打了半天，没有应声，后来抬头一看，才见了一张告示邮差送信的白纸条。

自从龙儿生病以后，连日连夜看护久已倦了的她，又哪里经得起最后的这一个打击？自己当到京之夜，见了她的衰容，见了她的眼泪,又哪里能够不痛哭呢?

在哥哥家里小住了两三天,我因为想追求龙儿生前的遗迹,一定要女人和我仍复搬回什刹海的住宅去住它一两个月。

搬回去那天,一进上屋的门,就见了一张被他玩破的今年正月里的花灯。听说这张花灯,是南城大姨妈送他的,因为他自家烧破了一个窟窿,他还哭过好几次来的。

其次,便是上房里砖上的几堆烧纸钱的痕迹!当他下殓时烧给他的。

院子里有一架葡萄,两棵枣树,去年采取葡萄枣子的时候,他站在树下,兜起了大褂,仰头在看树上的我。我摘取一颗,丢入了他的大褂兜里,他的哄笑声,要继续到三五分钟,今年这两棵枣树,结满了青青的枣子,风起的半夜里,老有熟极的枣子辞枝自落,女人和我,睡在床上,有时候且哭且谈,总要到更深人静,方能入睡。在这样的幽幽的谈话中间,最怕听的,就是这滴答的坠枣之声。

到京的第二日,和女人去看他的坟墓。先在一家南纸铺里买了许多冥府的钞票,预备去烧送给他,直到到了妙光阁的广谊园茔地门前,她方从呜咽里清醒过来,说:"这是钞票,他一个小孩如何用得呢?"就又回车转来,到琉璃厂去买了些有孔的纸钱。她在坟前哭了一阵,把纸钱钞票烧化的时候,却叫着说:

"龙!这一堆是钞票,你收在那里,待长大了的时候再用,要买什么,你先拿这一堆钱去用吧。"

这一天在他的坟上坐着,我们直到午后七点,太阳平西的时候,才回家来。临走的时候,他娘还哭叫着说:

"龙!龙!你一个人在这里不怕冷静的么?龙!龙!人家

若来欺你，你晚上来告诉娘吧！你怎么不想回来了呢？你怎么梦也不来托一个呢？"

箱子里，还有许多散放着的他的小衣服。今年北京的天气，到七月中旬，已经是很冷了。当微凉的早晚，我们俩都想换上几件夹衣，然而因为怕见到他旧时的夹衣袍袜，我们俩却尽是一天一天的挨着，谁也不说出口来，说"要换上件夹衫"。

有一次和女人在那里睡午觉，她骤然从床上坐了起来，鞋也不穿，光着袜子，跑上了上房起坐室里，并且更掀帘跑上外面院子里去。我也莫名其妙跟着她跑到外面的时候，只见她在那里四面找寻什么，找寻不着，呆立了一会，她忽然放声哭了起来，并且抱住了我急急的追问说："你听不听见？你听不听见？"哭完之后，她才告诉我说，在半醒半睡的中间，她听见"娘！娘！"的叫了两声，的确是龙的声音，她很坚定的说："的确是龙回来了。"

北京的朋友亲戚，为安慰我们起见，今年夏天常请我们俩去吃饭听戏，她老不愿意和我同去，因为去年的六月，我们无论上那里去玩，龙儿是常和我们在一处的。

今年的一个暑假，就是这样的，在悲叹和幻梦的中间消逝了。

这一回南方来催我就道的信，过于匆促，出发之前，我觉得还有一件大事情没有做了。

中秋节前新搬了家，为修理房屋，部署杂事，就忙了一个星期。出发之前，又因了种种琐事，不能抽出空来，再上龙儿的墓地里去探望一回。女人上东车站来送我上车的时候，我心里尽酸一阵痛一阵的在回念这一件恨事。有好几次想和她说出来，教她于两三日后再往妙光阁去探望一趟，但见了她的憔悴尽的颜色,和苦忍住的凄楚,又终于一句话也没有讲成。

现在去北京远了,去龙儿更远了,自家只一个人,只是孤零丁的一个人。在这里继续此生中大约是完不了的飘泊。

一九二六年十月五日在上海旅馆内

老舍

(1899年2月3日—1966年8月24日)

原名舒庆春,字舍予,祖籍辽宁辽阳。中国现代小说家、作家、语言大师、人民艺术家、北京人艺编剧,新中国第一位获得"人民艺术家"称号的作家。代表作有小说《骆驼祥子》《四世同堂》,话剧《茶馆》《龙须沟》。

1966年8月24日,含冤自沉于北京太平湖。1978年平反,恢复"人民艺术家"的称号。

其墓碑上刻写着老舍的一句话:"文艺界尽责的小卒,睡在这里。"

每逢因于油盐酱醋的灾难中,
就想到独人一身,
自己吃饱便天下太平,
岂不妙哉。

哭白涤洲

老舍

十月十二接到电报："涤洲病危"。十四起身；到北平，他已过去。接到电报，隔了一天才动身，我希望在这一天再得个消息——好的。十二号以前，什么信儿都没听到，怎能忽然"病危"？涤洲的身体好，大家都晓得，所以我不信那个电报，而且深信必再有电更正。等了一天，白等；我的心凉了。在火车上我的泪始终在眼里转。车到前门，接我的是齐铁恨——他在南京作事——我俩的泪都流下来了。我恨我晚来了一天，可是铁恨早来一天也没见到"他"。十二的早晨，"他"就走了。

这完全象个梦。八月底，我们三个——涤洲、铁恨与我——还在南京会着。多么欢喜呀！涤洲张罗着逛这儿那儿，还要陪我到上海，都被我拦住了。他先是同刘半农先生到西北去；半农先生死后，他又跑到西安去讲学。由西安跑到南京，还要随我上上海。我没叫他去。他的身体确是好，但是那么热的天，四下里跑，不是玩的。这只是我的小心；梦也梦不到他会死。他回到北平，有信来，说：又搬了家。以后，再没信了，我心里还说：他大概是忙着作文章呢。敢情他又到河南讲学去了。由河南回来就病。十二号我接到那个电报。这不象个梦？

今天翻弄旧稿，夹着他一封信——去年一月十日在西山发的。"苓儿死去……咽气恰与伊母下葬同时，使我不能不特别哀痛。在家里我抱大庄，家母抱菊，三辈四人，情形极惨。现在我跑到西山，住在第三小学的最下一个院子，偌大的地方只有我一个人。天极冷，风顶大，冰寒的月光布满了庭院，我隔着玻窗，凝望南山，回忆两礼拜来的遭遇，止不住的眼泪流下来！"

"两礼拜来的遭遇"是大孩子蓝死，夫人死，女孩苓死。跟着——老天欺侮起来好人没完！——是菊死，和白老伯死；一气去了五口。蓝是夜间死的，他一边哭一边给我写信。紧跟着又得到白夫人病故的信，我跑回北平去安慰他。他还支持着，始终不放声的哭，可是端茶碗的时候手颤。跟着又死去三口，大家都担心他。他失眠，闭上眼就看见他的孩子。可是他不喝酒，不吸烟，像棵松树似的立着。他要作好到底。现在，剩下六十多的老母，廿多岁的续娶的夫人，与五岁的大庄！人生是什么呢？

朋友里，他最好。他对谁也好。有他，大家的交情有了中心。什么都是他作，任劳任怨的作，会作，肯作，有力气作。对家人、对朋友，永远舍己从人。对事情，明知上当，还作，只求良心上过得去。他很精明，但不掏出手段；他很会办事，多一半是因为肯办，肯认真办。他就这么累死了。

对学问，他很谦虚，总说他自己"低能"。可是在事情那么忙乱的时候，他居然在音韵学上有成就，有著作。他作到别人所不能作到的了：就在家中死了五口以后，他会跑到西北去调查方音！他还笑着说呢：到外边散散心。死了五口，散心？拿调查工作散心，他不是心狠，是尽人力所及的铸造自己。他老要对得起自己，对得起朋友，对得起一生。三十五岁就死去，这样的人，只有无知的老天知道怎回事！

自我一认识他，他仿佛就是个高个子。老推平头，老穿深色的衣服，腮上胡子很重。偶尔穿上洋服，他笑自己。他知道自己不漂亮。同样，他知道自己的一切缺点。有一次，他把件绸子大衫染得发了绿头,他笑着把它藏起去:"这不行,这不行,穿它还能上街?"他什么也不行,他觉得。于是高过他的人,他不巴结。低于他的人,他帮忙。对他自己,在幽默的轻视中去努力。高高的个子,灰色或蓝色的长袍,一天到晚他奔忙。他没有过人的思想,只求在他才力所及的事上、学问上、作人上,去作。他实在。说给他一件新事,或一个新的思想,他要想了,然后他拍着腿:"高!高!"到此为止;他能了解,而永远不能作出来,新的。旧社会的享受,他没享受过;新的,也没享受过。他老想使别人过得去,什么新的旧的,反正自己没占了便宜。自己不占便宜就舒服。因此,他心宽。死了五口,还能支持,还替朋友办事,还努力工作,就是这个力量的果实。谁都说,过了那一场,涤洲什么也不怕了。他竟会死了!

　　他死的时候,一群朋友围着他,眼看着咽气,没办法。他给朋友帮过多少忙,而大家只能看着他死。他死后,由上海汉口青岛赶来许多朋友,来哭;有什么用呢?他已经死在医院了,老太太还拉着大庄给他送果子来。噢,什么也别说了吧,要惨到什么地步呢!涤洲,涤洲,我们只有哭;没用,是没用。可是,我们是哭你的价值呀。我们能找到比你俊美的人,比你学问大的人,比你思想高的人;我们到哪儿去找一位"朋友",像你呢?

载一九三四年十二月《人间世》第十七期

有了小孩以后

艺术家应以艺术为妻，实际上就是当一辈子光棍儿。在下闲暇无事，往往写些小说，虽一回还没自居过文艺家，却也感觉到家庭的累赘。每逢困于油盐酱醋的灾难中，就想到独人一身，自己吃饱便天下太平，岂不妙哉。

家庭之累，大半由儿女造成。先不用提教养的花费，只就淘气哭闹而言，已足使人心慌意乱。小女三岁，专会等我不在屋中，在我的稿子上画圈拉杠，且美其名曰"小济会写字"！把人要气没了脉，她到底还是有理！再不然，我刚想起一句好的，在脑中盘旋，自信足以愧死莎士比亚，假若能写出来的话。当是时也，小济拉拉我的肘，低声说："上公园看猴？"于是我至今还未成莎士比亚。小儿一岁整，还不会"写字"，也不晓得去看猴，但善亲亲，闭眼，张口展览上下四个小牙。我若没事，请求他闭眼，露牙，小胖子总会东指西指的打岔。赶到我拿起笔来，他那一套全来了，不但亲脸，闭眼，还"指"令我也得表演这几招。有什么办法呢？！

这还算好的。赶到小济午后不睡，按着也不睡，那才难办。到这么四点来钟吧，她的困闹开始，到五点钟我已没有人味。什么也不对，连公园的猴都变成了臭的，而且猴之所以臭，也应当由我负责。小胖子也有这种困而不睡的时候，大概多数是与小济同时发难。两位小醉鬼一齐找毛病，我就是诸葛亮恐怕也得唱空城计，一点办法没有！在这种干等束手被擒的时候，偏偏会来一两封快信——催稿子！我也只好闹脾气了。不大一会儿，把太太也闹急了，一家大小四口，都成了醉鬼，其热闹至为惊人。大人声言离婚,小孩怎说怎不是,于离婚的争辩中瞎打混。一直到七点后,二位小天使已困得动不的,离婚的宣言才无形的撤销。这还算好的。遇上小胖子出牙,那才真教厉害,不但白天没有情理,夜里还得上夜班。一会儿一醒,若被针扎了似的惊啼,他出牙,谁也不用打算睡。他的牙出利落了,大家全成了红眼虎。

不过,这一点也不妨碍家庭中爱的发展,人生的巧妙似乎就在这里。记得 Frank Harris 仿佛有过这么点记载:他说王尔德为那件不名誉的案子过堂被审,一开头他侃侃而谈,语多幽默。及至原告提出几个男妓作证人,王尔德没了脉,非失败不可了。Harris 以为王尔德必会说:"我是个戏剧家,为观察人生,什么样的人都当交往。假若我不和这些人接触,我从哪里去找戏剧中的人物呢?"可是,王尔德竟自没这么答辩,官司就算输了。

把王尔德且放在一边;艺术家得多去经验,Harris 的意见,假若不是特为王尔德而发的,的确是不错。连家庭之累也是如此。还拿小孩们说吧——这才来到正题——爱他们吧,嫌他们吧,无论怎说,也是极可宝贵的经验。

在没有小孩的时候,一个人的世界还是未曾发现美洲的时候的。小孩是科仑布,把人带到新大陆去。这个新大陆并不很远,就在熟习的街道上和家里。你看,街市上给我预备的,在没有小孩的时候,似乎只有理发馆、饭铺、书店、邮政局等。我想不出婴儿医院、糖食店、玩具铺等等的意义。连药房里的许许多多婴儿用的药和粉,报纸上婴儿自己药片的广告,百货店里的小袜子小鞋,都显着多此一举,劳而无功。及至小天使自天飞降,我的眼睛似乎戴上了一双放大镜,街市依然那样，跟我有关系的东西可是不知增加了多少倍！婴儿医院不但挂着牌子，敢情里边还有医生呢。不但有医生，还是挺神气，一点也得罪不得。拿着医生所给的神符，到药房去，敢情那些小瓶子小罐都有作用。不但要买瓶子里的白汁黄面和各色的药饼，还得买瓶子罐子，轧粉的钵，量奶的漏斗，乳头，卫生尿布，玩艺多多了！百货店里那些小衣帽，小家具，也都有了意义；原先以为多此一举的东西，如今都成了非它不行；有时候铺中缺乏了我所要的那一件小物品，我还大有看不起他们的意思：既是百货店，怎能不预备这件东西呢？！慢慢的，全街上的铺子，除了金店与古玩铺，都有了我的足迹；连当铺也走得怪熟。铺中人也渐渐熟识了，甚至可以随便闲谈，以小孩为中心，谈得颇有味儿。伙计们，掌柜们，原来不仅是站柜作买卖，家中还有小孩呢！有的铺子，竟自敢允许我欠账，仿佛一有了小孩，我的人格也好了些，能被人信任。三节的账条来得很踊跃，使我明白了过节过年的时候怎样出汗。

  小孩使世界扩大，使隐藏着的东西都显露出来。非有小孩不能明白这个。看着别人家的孩子，肥肥胖胖，整整齐齐，你总觉得小孩们理应如此，一生下来就戴着小帽，穿着小袄，好象小雏鸡生下来就披着一身黄绒似的。赶到自己有了小孩，才能晓得事情并不这么简单。一个小娃娃身上穿戴着全世界的工商业所能供给的，给全家人以一切啼笑爱怨的经验，小孩的确是位小活神仙！

  有了小活神仙，家里才会热闹。窗台上，我一向认为是摆花的地方。夏天呢，开着窗，风儿轻轻吹动花与叶，屋中一阵阵的清香。冬天呢，阳光射到花上，使全屋中有些颜色与生气。后来，有了小孩，那些花盆很神秘的都不见了，窗台上满是瓶子罐子，数不清有多少。尿布有时候上了写字台，奶瓶倒在书架上。大扫除才有了意义，是的，到时候非痛痛快快的收拾一顿不可了，要不然东西就有把人埋起来的危险。上次大扫除的时候，我由床底下找到了但丁的《神曲》。不知道这老家伙干吗在那里藏着玩呢！

　　人的数目也增多了，而且有很多问题。在没有小孩的时候，用一个仆人就够了，现在至少得用俩。以前，仆人"拿糖"，满可以暂时不用；没人作饭，就外边去吃，谁也不用拿捏谁。有了小孩，这点豪气乘早收起去。三天没人洗尿布，屋里就不要再进来人。牛奶等项是非有人管理不可，有儿方知卫生难，奶瓶子一天就得烫五六次；没仆人简直不行！有仆人就得捣乱，没办法！

　　好多没办法的事都得马上有办法，小孩子不会等着"国联"慢慢解决儿童问题。这就长了经验。半夜里去买药，药铺的门上原来有个小口，可以交钱拿药，早先我就不晓得这一招。西药房里敢情也打价钱，不等他开口，我就提出："还是四毛五？"这个"还是"使我省五分钱，而且落个行家。这又是一招。找老妈子有作坊，当票儿到期还可以入利延期，也都被我学会。没功夫细想，大概自从有了儿女以后，我所得的经验至少比一张大学文凭所能给我的多着许多。大学文凭是由课本里掏出来的，现在我却念着一本活书，没有头儿。

　　连我自己的身体现在都会变形，经小孩们的指挥，我得去装马装牛，还须装得像个样儿。不但装牛像牛，我也学会牛的忍性，小胖子觉得"开步走"有意思，我就得百走不厌；只作一回，绝对不行。多咱他改了主意，多咱我才能"立正"。在这里，我体验出母性的伟大，觉得打老婆的人们满该下狱。

中秋节前来了个老道，不要米，不要钱，只问有小孩没有？看见了小胖子，老道高了兴，说十四那天早晨须给小胖子左腕上系一根红线。备清水一碗，烧高香三炷，必能消灾除难。右邻家的老太太也出来看，老道问她有小孩没有，她惨淡的摇了摇头。到了十四那天，倒是这位老太太的提醒，小胖子的左腕上才拴了一圈红线。小孩子征服了老道与邻家老太太。一看胖手腕的红线，我觉得比写完一本伟大的作品还骄傲，于是上街买了两尊兔子王，感到老道，红线，兔子王，都有绝大的意义！

载一九三六年十一月二十五日《谈风》第三期

郑振铎

（1898年12月19日—1958年10月17日）

生于浙江永嘉，原籍福建长乐。原名木官，字警民，笔名西谛、郭源新。中国现代文学家、社会活动家、文物收藏家、鉴定家、考古学家、藏书家，景星学社社员，中国科学院学部委员。

1921年，任职于商务印刷馆编译所；1931年任清华大学教授；1936年，任中国文艺家协会理事；1949年，当选为中国文学艺术界联合会常务委员；1950年任中国科学院考古研究所所长；1952年，任北京大学历史系考古专业教授；1954年任中华人民共和国文化部副部长；1955年，当选为中国科学院学部委员；1958年10月17日，在出访途中因飞机失事殉难。

主要著作有《中国俗文学史》《近百年古城古墓发掘史》《郑振铎文集》《俄国文学史略》《文学大纲》《插图本中国文学史》《中国版画史图录》《玄览堂丛书》《中国古代版画史略》《古本戏曲丛刊》等。

「迂缓、麻木、冷酷!为什么?」
我任怎样也揣想不出。

悼夏丏尊先生

郑振铎

夏丏尊先生（1886—1946）死了，我们再也听不到他的叹息，他的悲愤的语声了；但静静的想着时，我们仿佛还都听见他的叹息，他的悲愤的语声。

他住在沦陷区里，生活紧张而困苦，没有一天不在愁叹着。是悲天？是悯人？

胜利到来的时候，他曾经很天真的高兴了几天。我们相见时，大家都说道，"好了，好了，"个个人的脸上似乎都泯没了愁闷，耀着一层光彩。他也同样的说道："好了，好了！"

然而很快的，便又陷入愁闷之中。他比我们敏感，他似乎失望，愁闷得更迅快些。

他曾经很高兴的写过几篇文章；很提出些正面的主张出来。但过了一会，便又沉默下去，一半是为了身体逐渐衰弱的关系。

他是一个自由主义者，反对一切的压迫和统制。他最富于正义感。看不惯一切的腐败、贪污的现象。他自己曾经说道："自恨自己怯弱，没有直视苦难的能力，却又具有着对于苦难的敏感。"又道："记得自己幼时，逢大雷雨躲入床内；得知家里要杀鸡就立刻逃避；看戏时遇到《翠屏山》《杀嫂》等戏，要当场出彩，预先俯下头去；以及妻每次产时，不敢走入产房，只在别室中闷闷地听着妻的呻吟声，默祷她安全的光景。"（均见《平屋杂文》）

这便是他的性格。他表面上很恬淡，其实，心是热的；他仿佛无所褒贬，其实，心里是泾渭分得极清的。在他淡淡的谈话里，往往包含着深刻的意义。他反对中国人传统的调和与折衷的心理。他常常说，自己是一个早衰者，不仅在身体上，在精神上也是如此。他有一篇《中年人的寂寞》：

> 我已是一个中年的人。一到中年，就有许多不愉快的现象，眼睛昏花了，记忆力减退了，头发开始秃脱而且变白了，意兴、体力甚么都不如年青的时候，常不禁会感觉得难以名言的寂寞的情味。尤其觉得难堪的是知友的逐渐减少和疏远，缺乏交际上的温暖的慰藉。

在《早老者的忏悔》里，他又说道：

> 我今年五十，在朋友中原比较老大。可是自己觉得体力减退，已好多年了。三十五六岁以后，我就感到身体一年不如一年，工作起不得劲，只得是恹恹地勉强挨，几乎无时不觉到疲劳，甚么都觉得厌倦，这情形一直到如今。十年以前，我还只四十岁，不知道我年龄的，都以我是五十岁光景的人，近来居然有许多人叫我"老先生"。论年龄，五十岁的人应该还大有可为，古今中外，尽有活到了七十八十，元气很盛的。可是我却已经老了，而且早已老了。

这是他的悲哀，但他的并不因此而消极，正和他的不因寂寞而厌世一样。他常常愤慨，常常叹息，常常悲愁。他的愤慨、叹息、悲愁，正是他的入世处。他爱世、爱人、尤爱"执着"的有所为的人，和狷介的有所不为的人，他爱年轻人；他讨厌权威，讨厌做作、虚伪的人。他没有机心；表里如一。他藏不住话，有什么便说什么，所以大家都称他"老孩子"。他的天真无邪之处，的确够得上称为一个"孩子"的。

他从来不提防什么人。他爱护一切的朋友，常常担心他们的安全与困苦。我在抗战时逃避在外，他见了面，便问道："没有什么么？"我在卖书过活，他又异常关切的问道；"不太穷困么？卖掉了可以过一个时期吧。"

"又要卖书了么？"他见我在抄书目时问道。

我点点头：向来不作乞怜相，装作满不在乎的神气，有点倔强，也有点傲然，但见到他的皱着眉头，同情的叹气时，我几乎也要叹出气来。

他很远的挤上了电车到办公的地方来，从来不肯坐头等，总是挤在拖车里。我告诉他，拖车太颠太挤，何妨坐头等，他总是不改变态度，天天挤，挤不上，再等下一部；有时等了好几部还挤不上。到了办公的地方，总是叹了一口气后才坐下。

"丐翁老了，"朋友们在背后都这末说。我们有点替他发愁，看他显著的一天天的衰老下去。他的营养是那末坏，家里的饭菜不好，吃米饭的时候很少；到了办公的地方时，也只是以一块面包当作午餐。那时候，我们也都吃着烘山芋、面包、小馒头或羌饼之类作午餐，但总想有点牛肉、鸡蛋之类伴着吃，他却从来没有过；偶然是涂些果酱上去，已经算是很奢侈了。我们有时高兴上小酒馆去喝酒，去邀他，他总是不去。

在沦陷时代。他曾经被敌人的宪兵捉去过。据说，有他的照相，也有关于他的记录。他在宪兵队里，虽没有被打，上电刑或灌水之类，但睡在水门汀上，吃着冷饭，他的身体因此益发坏下去。敌人们大概也为他的天真而恳挚的态度所感动吧，后来，对待他很不坏。比别人自由些，只有半个月便被放了出来。

他说，日本宪兵曾经问起了我，"你有见到郑某某吗？"他撒了谎，说道，"好久好久不见到他了。"其实，在那时期，我们差不多天天见到的。他是那末爱护着他的朋友！

他回家后，显得更憔悴了；不久，便病倒。我们见到他，他也只是叹气，慢吞吞的说着经过。并不因自己的不幸的遭遇而特别觉得愤怒。他永远是悲天悯人的。——连他自己也在内。

在晚年，他有时觉得很起劲，为开明书店计划着出版辞典；同时发愿要译《南藏》。他担任的是《佛本生经》（*Jataka*）的翻译，已经译成了若干，有一本仿佛已经出版了。我有一部英译本的 *Jataka*，他要借去做参考，我答应了他，可惜我不能回家，托人去找，遍找不到。等到我能够回家，而且找到 *Jataka* 时。他已经用不到这部书了。我见到它，心里便觉得很难过，仿佛做了一件不可补偿的事。

他很耿直，虽然表面上是很随和。他所厌恨的事，隔了多少年，也还不曾忘记。有一次，在一个宴会上遇到了一个他在杭州第一师范学校教书时代的浙江教育厅长，他便有点不奈烦，叨叨的说着从前的故事。我们都觉得窘，但他却一点也不觉得。

他是爱憎分明的！

他从事于教育很久，多半在中学里教书。他的对待学生们从来不采取严肃的督责的态度。他只是恳挚的诱导着他们。

……我入学之后，常听到同学们谈起夏先生的故事，其中有一则我记得最牢，感动得最深的，是说夏先生最初在一师兼任舍监的时候，有些不好的同学，晚上熄灯，点名之后，偷出校门，在外面荒唐到深夜才回来；夏先生查到之后，并不加任何责罚，只是恳切的劝导，如果一次两次仍不见效；于是夏先生第三次就守候着他，无论怎样夜深都守候着他，守候着了，夏先生对他仍旧不加任何责罚，只是苦口婆心，更加恳切地劝导他，一次不成、二次，二次不成，三次……，总要使得犯过者真心悔过，彻底觉悟而后已。

——许志行：《不堪回首悼先生》

他是上海立达学园的创办人之一，立达的几位教师对于学生们所应用的也全是这种恳挚的感化的态度。他在国立暨南大学做过国文系主任，因为不能和学校当局意见相同，不久，便辞职不干。此后，便一直过着编译的生活，有时，也教教中学。学生们对于他，印象都非常深刻，都敬爱着他。

他对于语文教学，有湛深的研究。他和刘薰宇合编过一本《文章作法》，和叶绍钧合编过《文章讲话》，《阅读与写作》及《文心》，也像做国文教师时的样子，细心而恳切的谈着作文的心诀。他自己作文很小心，一字不肯苟且；阅读别人的文章时，也很小心，很慎重，一字不肯放过。从前《中学生》杂志有过"文章病院"一栏，批评着时人的文章，有发必中；便是他在那里主持着的；他自己也动笔写了几篇东西。

古人说"文如其人"。我们读他的文章，确有此感。我很喜欢他的散文，每每劝他编成集子。《平屋杂文》一本，便是他的第一个散文集子。他毫不做作，只是淡淡的写来，但是骨子里很丰腴。虽然是很短的一篇文章，不署名的，读了后，也猜得出是他写的。在那里，言之有物；是那末深切的混和着他自己的思想和态度。

他的风格是朴素的，正和他为人的朴素一样。他并不堆砌,只是平平的说着他自己所要说的话。然而,没有一句多余的话,不诚实的话,字斟句酌,决不急就。在文章上讲,是"盛水不漏",无懈可击的。

他的身体是病态的胖肥,但到了最后的半年,显得瘦了,气色很灰暗。营养不良,恐怕是他致病的最大原因。心境的忧郁,也有一部分的因素在内。友人们都说他"一肚皮不合时宜"。在这样一团糟的情形之下,"合时宜"的都是些何等人物,可想而知。怎能怪丏尊的牢骚太多呢!

想到这里,便仿佛听见他的叹息,他的悲愤的语声在耳边响着。他的忧郁的脸、病态的身体,仿佛还在我们的眼前出现。然而他是去了!永远的去了!那悲天悯人的语调是再也听不到了!

如今是,那末需要由叹息、悲愤里站起来干的人,他如不死,可能会站起来干的。这是超出于友情以外的一个更大的损失。

一九四六年

郑振铎

迂缓与麻木

自上海大残杀案发生后，我们益可看出我们中国民族的做事是如何的迂缓迟钝，头脑是如何的麻木不灵。我揣想，如此的空前大残杀案一发生，南京路以及各街各路的商店总应该立刻有极严重的表示。然而竟不然！此事发生时，我不知其情形如何；然而当发生后二小时，我到了南京路，却还不见有一丝一毫的大雷雨扫荡后的征象。直到了先施公司之西，行人才渐渐的拥挤，多半伫立而偶语。至于商店呢，一若无事然，仍旧大开着门欢迎顾客。只有当枪弹之冲的七八家商店关上了店门。我不明白，我们民族的举动为什么如此的迂缓迟钝！也许是大家故示镇定，正在商议对付方法罢？！夜间，我再到外面作第二次的观察。一路上毫无什么可注意的现象。各酒楼上，弦歌之声，依然鼎沸。各商店灯火辉煌，人人在欢笑，在嘲谑。我在自疑，上海不是很大的地方，交通也不算不方便，电话、电车、汽车、马车、人力车，全都有，为什么这样重大的消息传播得如此的迂慢？我不敢相信又不能不相信："上海难道竟是一个至治之邦，'鸡犬之声相闻，民至老死不相往来'的么？"又到了南京路，各商店仍旧是大开着门欢迎顾客，灯光如白昼的明亮，人众憧憧的进出。依然的，什么大雷雨扫荡的痕迹也没有，什么特异的悲悼的表示也没有！直行至老闸捕房口，才觉得二三丈长的这一段路，灯火是较平常暗淡些，闭了的商店门也未全开。英捕与印捕，乘了高头大马，闯上行人道，用皮鞭驱打行人。被打的人在东西逃避。一个青年，穿着长衫的，被驱而避于一家商店的檐下，英捕还在驱他。他只是微笑的躲避着皮鞭。什么反抗的表示也没有。这给我以至死不忘的印象。我血沸了，我双拳握得紧紧的。他如来驱我呀，……皮鞭如打在我身上呀！……但亏得英捕印捕并不来驱逐我。当时如有什么军器在手，我必先动手打死了这些无人道的野兽再说！再走过去，景象一如平日，又是什么大雷雨扫荡的痕迹也没有。我又在自疑：为什么我们还没有什么严重的悲悼的表示呢！？难道商界领袖竟没有在商议这事么？难道在商议而尚未确定办法么？"迟钝，迟钝！"我暗暗的自叫着。回转身，到西藏路，望见宁波同乡会门口有黑压压的一大堆人。我吃了一惊："又发生了什么事？也许商界在这里会议？群众在这里候大消息的宣布？"匆匆的走近，"失望"立刻抓住了我的心，我的热泪立刻聚挤在眼眶中了。原来是一个什么"南大附中平民学校游艺会"正在那里开会！我自己愤骂道："还开什么游艺会！还不立刻停止么！"唉，我失望，什么也使我失望！第二天是星期日，我又出去观察一次，还是什么悲悼的表示也没有。"迟钝呀！麻木呀！！"我又在自叫着。下午是某人为他的父母在徐园做双寿，有程艳秋的堂会。我不能不去拜寿，一半因为大家都出去了，什么朋友也找不到，正好趁空到徐园去，一半也要借此探听些消息。但我揣想，堂会是一定没有了，客一定不多，也许"双寿"竟至于改期举行。到了徐园门口，又使我明白我的揣想是完全错了。什么都依旧进行。厅上黑压压的坐着许多骄贵的绅士们，艳装的太太们，都在等候着看戏。招呼了几个熟人，谈起了昨天的大残杀，他们也附和著说道："不应该，不应该！"然而显然的，他们的脸上，眼中，没有一丝一毫的同情，没有一丝一毫的悲愤（也许我的观察错了，请他们原谅）！大家说完了话，又静静的等候着看戏。我没有听见再有什么人说起一句关于这个大残杀案的话。"麻木,淡漠,冷酷!为什么?"我任怎样也揣想不出。

约有四十小时是在如此的平安而镇定中度过去。到了第三天早晨,商店才不复照例开门。听说还是学生们包围强迫的结果。事后,商会的副会长想登报声明,这次议决罢市是被迫的。亏得被较明白的人劝阻住了。

"唉!迂缓、麻木、冷酷!为什么?"我任怎样也揣想不出。

六,二十六,追记。

(发表于一九二五年七月五日《文学周报》第一八〇期)

缪崇群

（1907年—1945年）

笔名终一。江苏六合人。1945年1月，病逝于重庆北暗江苏医院，享年三十八岁。多才多艺，著作甚丰，在小说、散文、翻译等领域都有耕耘和收获。仅在散文方面，就著有《晞露集》《寄健康人》《废墟集》《夏虫集》《石屏随记》《眷眷草》《晞露新收》《碑下随笔》等多部散文集。

心暮了，
生命的火焰
将在长夜里永久逝去了！

缪崇群

守岁烛

蔚蓝静穆的空中，高高地飘着一两个稳定不动的风筝，从不知道远近的地方，时时传过几声响亮的爆竹，——在夜晚，它的回音是越发地撩人了。

岁是暮了。

今年侥幸没有他乡作客，也不曾颠沛在那迢遥的异邦，身子就在自己的家里；但这个陋小低晦的四围，没有一点生气，也没有一点温情，只有像垂死般的宁静，冰雪般的寒冷。一种寥寂与没落的悲哀，于是更深地把我笼罩了，我永日沉默在冥想的世界里。

因为想着逃脱这种氛围，有时我便独自到街头徜徉去，可是那些如梭的车马，鱼贯的人群，也同样不能给我一点兴奋或慰藉，他们映在我眼睑的不过是一幅熙熙攘攘的世相，活动的、滑稽的、杂乱的写真，看罢了所谓年景归来，心中越是惆怅得没有一点皈依了。

啊！What is a home without mother?

我又陡然地记忆起这句话了——它是一个歌谱的名字，可惜我不能唱它。

在那五年前的除夕的晚上，母亲还能斗胜了她的疾病，精神很焕发地和我们在一起聚餐，然而我不知怎么那样地不会凑趣，我反郁郁地沉着脸，仿佛感到一种不幸的预兆似的。

"你怎么了？"母亲很担心地问。

"没有怎么，我是好好的。"

我虽然这样回答着，可是那两股辛酸的眼泪，早禁不住就要流出来了。我急忙转过脸，或低下头，为避免母亲的视线。

"少年人总要放快活些，我像你这般大的年纪，还一天玩到晚，什么心思都没有呢。"

母亲已经把我看破了。

我没有言语。父亲默默地呷着酒；弟弟尽独自夹他所喜欢吃的东西。

自己因为早熟一点的缘故，不经意地便养成了一种易感的性格。每当人家欢喜的时刻，自己偏偏感到哀愁；每当人家热闹的时刻，自己却又感到一种莫名的孤独。究竟为什么呢？我是回答不出来的……

——没有不散的筵席，这句话的黑影，好像正正投满了我的窄隘的心胸。

饭后过了不久，母亲便拿出两个红纸包儿出来，一个给弟弟，一个给我，给弟弟的一个，立刻便被他拿走了，给我的一个，却还在母亲的手里握着。

红纸包里裹着压岁钱，这是我们每年所最盼切而且数目最多的一笔收入，但这次我是没有一点兴致接受它的。

"妈，我不要罢，平时不是一样地要么？再说我已经渐渐长大了。"

"唉，孩子，在父母面前，八十岁也算不上大的。"

"妈妈自己尽辛苦节俭，哪里有什么富余的呢。"我知道母亲每次都暗暗添些钱给我，所以我更不愿意接受了。

"这是我心愿给你们用的……"母亲还没说完，这时父亲忽然在隔壁带着笑声地嚷了：

"不要给大的了，他又不是小孩子。"

"别睬他，快拿起来吧。"母亲也抢着说，好像哄着一个婴孩，唯恐他受了惊吓似的……

佛前的香气，蕴满了全室，烛光是煌煌的。那慈祥、和平、闲静的烟纹，在黄金色的光幅中缭绕着、起伏着，仿佛要把人催得微醉了，定一下神，又似乎自己乍从梦里醒觉过来一样。

母亲回到房里的时候，父亲已经睡了；但她并不立时卧下休息，她尽沉思般地坐在床头，这时我心里真凄凉起来了，于是我也走进了房里。

房里没有灯，靠着南窗底下，烧着一对明晃晃的蜡烛。

"妈今天累了吧？"我想赶去这种沉寂的空气，并且打算伴着母亲谈些家常。我是深深知道我刚才那种态度太不对了。

"不——"她望了我一会又问，"你怎么今天这样不喜欢呢？"

我完全追悔了，所以我也很坦白地回答母亲：

"我也说不出为什么，逢到年节，心里总感觉着难受似的。"

"年轻的人，不该这样的，又不像我们老了，越过越淡。"

——是的，越过越淡，在我心里，也这样重复地念了一遍。

"房里也点蜡烛作什么？"我走到烛前，剪着烛花问。

"你忘记了么？这是守岁烛，每年除夕都要点的。"

那一对美丽的蜡烛，它们真好像穿着红袍的新人。上面还题着金字：寿比南山……

"太高了一点吧？"

"你知道守岁守岁，要从今晚一直点到天明呢。最好是一同熄——所谓同始同终——如果有剩下的便留到清明晚间照百虫，这烛是一照影无踪的……"

……………

　　在烛光底下，我们不知坐了多久；我们究竟把我们的残余的，唯有的一岁守住了没有呢，哪怕是蜡烛再高一点，除夕更长一些？

　　外面的爆竹，还是密一阵疏一阵地响着，只有这一对守岁烛是默默无语，它的火焰在不定地摇曳，泪是不止地垂滴，自始至终，自己燃烧着自己。

　　明年，母亲便去世了，过了一个阴森森的除夕。

　　第二年，第三年，我都不在家里……是去年的除夕吧，在父亲的房里，又燃起了"一对"明晃晃的守岁烛了。

　　——母骨寒了没有呢？我只有自己问着自己。

　　又届除夕了，环顾这陋小、低晦、没有一点生气与温情的四围——比去年更破落了的家庭，唉，我除了凭吊那些黄金的过往以外，哪里还有一点希望与期待呢？

　　岁虽暮，阳春不久就会到来……

　　心暮了，生命的火焰，将在长夜里永久逝去了！

一九三〇，六月改作

童年之友

缪崇群

十年来徘徊在她们的门外,那槐荫下的大门,几乎在我的眼里映过上千的次数了;然而,我所渴望的人,我童年的友伴,终于没有邂逅过一次。

这大约是人间的通性,一个病在床上的老人,他会想到许许多多故乡的土产,虽然这些土产就是萝卜,青菜或芋头……。同样的一个思春期的青年,他无论怎样憧憬着锦般的未来,神般的偶像,但他决不会忘记了他的童年的友伴。童年的友伴,好像距他最近,也了解他最深似的。

童年恐怕才是人生的故乡,童年所经过的每椿事,就好像是故乡里所生的每种土产了。

谁都禁不住地要系念他的故乡与土产,但谁能够回到他"人生"的故乡,在那里还采集着土产呢?……

回想,惟有回想了;也正如同纸上的画饼与梅子:充不了饥肠,也止不住口渴。

敏,她是我童年的惟一的友伴,她比我小两岁,从六七岁我们便在一起了。那时我们的家也在那槐荫下的大门里。大门里有三个院子,我们住在最前边,她们住在最后边;中间隔着一个花园,花园的前边还住着一位史太太。史太太也有一个女儿,她的名字我已经忘记了。

弟弟那时是红菊姊带着,能够单独在一起玩的只有我和敏和史家的姑娘三个人。不过史家的姑娘也和我们不很好的,因为我和敏时冷待她。我们玩的时候,不在后院,便在前院,史太太那里我们是很少去的。不过有时候敏和我闹恼了,她偏偏喜欢到史太太廊子上的柱前去哭,用袖子把眼睛拭得通红的,好像要宣示给人家,她实在受了我的委屈了。

她每逢哭了,史太太便揭开帘子趁机地说:

"我叫你不要和他玩罢?男孩子总是会欺负人的;姑娘和姑娘在一起玩,再也不会打起来。"

假使当时我的母亲或她的母亲出来讯问,史太太又这样地说了:

"大人们真不能为孩子劝架,好起来是她们,恼起来也是他们。香的时候就恨不得穿一条连裆裤,臭了比狗屎还臭……"

接着便是史太太张着金牙的嘴大笑。

其实,我从来没有欺负过敏,每次哭,大约都是因为她要撒娇。有几次她在史太太的廊子上哭,我趁着没有人出来的时候悄悄拉她几把,她便又带着鼻涕笑了。

"一哭一笑,小猫上吊。"我把右手的食指,放在鼻上羞她。

她跑了,我知道风波平静了。她跑到花园,我便也跟到花园,在花园里,我们又重新是一对亲密的伴侣了。

那时候的敏,在我眼里真是一个最美丽的仙子了。她一笑,我的世界就是阳春骀荡;她一哭,我的世界顿时又变得苦雨凄风了。最有趣的,莫过于她娇嗔我了,她以为我怕她,其实我尽蹲在一边看她那对乌黑浑圆发亮的眸子。她支持的时间愈长,我感到的快活也仿佛愈浓似的。

真的,我每逢回想到童年的时候的奇怪的性格,我脸上便禁不住地要频频发烧了。在女性的面前,我从来不以那些装出的骑士或英雄的风度为荣;就是被她们虐待着,压迫着,在我也并不以为耻辱。童年,我或者被敏骂过,唾过,也许还被她打过,但在我的身上,丝毫不曾留下一点伤痕。我真是懊悔,我如果留着那种伤痕,我是怎样地感着酥痒而快活的呵!

从六七岁一直到十三四,我们双双的足迹,大概已经把那个偌大的花园踏遍了,或者重复了又重复罢。年龄渐渐大了,跳着跑着的游戏,也渐渐稀少了。后来我们常常默默坐在廊下或窗前,翻阅图画册子,或者读一些浅近的童话。

记得我有一次曾在她面前夸耀过我在小学展览会里的成绩,她有一次也给我说过一个她最得意的故事。那故事我到如今还记得的,大意是当初有过一个鞋匠,他一次用鞋底击过十个苍蝇,他的绰号是:嬉嬉哈哈,一击十个……

当着我们眼光碰到一起,或者并坐着觉得彼此的肩背已经靠得温暖了的时候,我们便又不好意思地离开了。莫非那时已经有了一个"魔",不时地拖我们相亲,不时地又用力把我们分离么?……

我们的家,已经从她们那里迁出十多年了。在这十多年里,我和敏的天地,几乎完全隔绝了;虽然我们还是同在一个城圈里,相隔不远的。

母亲在的时候,还有时谈起敏,又提到我的婚姻。母亲去世之后,只有我一个人在夜深时,孤独地,辗转着系念她了。白日里,每一兴奋起来,便要跑到她们的门前去,我想进去会她,我没有勇气;我想等待着和她一见,也总没有那么一次相巧的机会。我默默地在她的门前徘徊,我的心,似乎比那槐荫还更阴沉……

前年的秋天,听说敏的母亲病重了,于是鼓着我的勇气,我便亲自到那槐荫下的大门里探问她们了。

我两手虔诚地捧着我那"希望"的花蕾——那蕴藏在我的心园，十多年来未曾放过的一枝花蕾，战战兢兢地叫开了她们的门扉，我又如梦一般地走进了她们的庭院了；我是如梦一般地坐在敏的寝室里。我四处张望，我没有找到敏的踪影。

她好像是刚才艳装出去了；她的妆台上放着一盆乳白的带温的脸水，还放着揭着盖儿的香粉，胭脂，……床上团着锦被，绒枕；壁上挂着许多电影的明星……那一件一件时髦的衣裳，也都零乱得没有收起……

我悄悄走进往日的花园，往日盛开着一切的花园，现在已荒芜而废弃了。只有几株皱皮的枣树，还东倒西歪地倚在墙头。他们好像是年老的园丁，只有厮守着这里，而无心再顾这满目荒凉的景象了。

青春的花园，已经颓老了，失却红颜的女子，还在向她们颊上涂抹粉脂哩！

去年的秋天，我真的有一次遇见敏了。

和她偕手欢笑的是一个"明星"般的少年，而在她的眼前过去的———一个童年的友伴，竟没有得到她一睬。

唉，那蕴藏在我的心园里，十多年来未曾放过的一枝花蕾——我永不曾想着把它遗弃的一枝花蕾，现在我已经无处亦无法捧赠我那童年的友伴了；去罢，我心里低低地说着——

——让这枝花蕾，还是在你自己的那双高跟鞋下残踏了罢！我的心园已经冰凉了，它迟早也会死去的……

——去罢！你希望，你娼妓！

…………

那病在床上的老人，我祝他早早健康起来；那徘徊于爱人门外的青年，也快快地回转过头来罢！

"人生"的故乡,毕竟是归不得的,聪明人,莫再回想你们的童年了!不要踌躇地向前进,大道和果园,焉知道不展在你的眼前呢?

一九三〇秋日改作

陶行知

（1891年10月18日—1946年7月25日）

安徽省歙县人。教育家、思想家，中国人民救国会和中国民主同盟的主要领导人之一。

1908年，考入杭州广济医学堂。1915年入读美国哥伦比亚大学，师从约翰·杜威攻读教育学博士。1917年秋回国，先后任南京高等师范学校、国立东南大学教授、教务主任等职。1929年圣约翰大学授予他荣誉科学博士学位，表彰他为中国教育改造事业作出的贡献。1933年，与厉麟似等来自政学两界的知名人士在上海发起成立中国教育学会。1945年当选中国民主同盟中央常委兼教育委员会主任委员。

1946年7月25日上午，因长期劳累过度，不幸于上海逝世。

"什么是生活?"

有生命的东西,

在一个环境里生生不已的

就是生活。

生活即教育

今天我要讲的是"生活即教育"。中国从前有一个很流行的名词，我们也用得很多而且很熟的，就是"教育即生活"（Education of Life）。教育即生活这句话，是从杜威先生那里来的，我们过去是常常用它，但是，从来没有问过这里边有什么用意。现在，我把它翻了半个筋斗，改为"生活即教育"。在这里，我们就要问："什么是生活？"有生命的东西，在一个环境里生生不已的就是生活。譬如一粒种子一样，它能在不见不闻的地方发芽、开花。从动的方面看起来，好像晓庄剧社在舞台演戏一样。"生活即教育"这个演讲，从前我已经讲了两套，现在重提我们的老套。

第一套就是：

是生活就是教育；

是好生活就是好教育，是坏生活就是坏教育；

是认真的生活，就是认真的教育，是马虎的生活。就是马虎的教育；

是合理的生活，就是合理的教育，是不合理的生活，就是不合理的教育；

不是生活就不是教育；

所谓之"生活"，未必是生活，就未必是教育。

第二套是第二次讲的时候包括进去的，是按着我们此地的五个目标加进去的，那是：

是康健的生活，就是康健的教育，是不康健的生活，就是不康健的教育；

是劳动的生活，就是劳动的教育，是不劳动的生活，就是不劳动的教育；

是科学的生活，就是科学的教育，是不科学的生活，就是不科学的教育；

是艺术的生活，就是艺术的教育，是不艺术的生活，就是不艺术的教育；

是改造社会的生活，就是改造社会的教育，是不改造社会的生活，就是不改造社会的教育。

近来，我们有一个主张是，每一个机关，每一个人在十九年（即民国十九年）度里都要有一个计划。这样，在十九年度里我们所过的生活，就是有计划的生活，也就是有计划的教育。于是，又加了这么一套：

是有计划的生活，就是有计划的教育，是没有计划的生活，就是没有计划的教育。

我今天所要说的，就是我们此地的教育，是生活教育，是供给人生需要的教育，不是作假的教育。人生需要什么，我们就教什么。人生需要面包，我们就得过面包生活，受面包的教育；人生需要恋爱，我们就得过恋爱生活，也受恋爱的教育。准此类推，照加上去：是那样的生活，就是那样的教育。

与"生活即教育"有连带关系的就是"社会即学校"。"学校即社会"也就是跟着"教育即生活"而来的，现在我也把它翻了半个筋斗，变成"社会即学校"。整个的社会活动，就是我们教育的范围，不消谈什么联络，而他的血脉是自然流通的。不要说"学校社会化"。譬如说现在要某人革命化，就是某人本来不革命的；假使某人本来是革命的，还要他"化"什么呢？讲"学校社会化"，也是犯同样的毛病。"学校即社会"，我们的学校就是社会，还要什么社会化呢？现在我还有一个比方：学校即社会，就好像把一只活泼泼的小鸟从天空里捉来关在笼里一样。它要以一个小的学校去把社会上所有的一切东西都吸收进来，所以容易弄假。社会即学校则不然，它是要把笼中的小鸟放到天空中，使他能任意翱翔，是要把学校的一切伸张到大自然里去。要先能做到"社会即学校"，然后才能讲"学校即社会"；要先能做到"生活即教育"，然后才能讲到"教育即生活"。要这样的学校才是学校，这样的教育才是教育。

杜威先生在美国为什么要主张教育即生活呢？我最近见到他的著作，他从俄国回来，他的主张又变了，已经不是教育即生活了。美国是一个资本主义的国家，他们是零零碎碎的实验，有好多教育家想达到的目的不能达到，想实现的不能实现。然而在俄国已经有人达到了，实现了。假使杜威先生是在晓庄，我想他也必主张"生活即教育"的。

杜威先生是没有到过晓庄来的，克伯屈先生是到过晓庄来的。克伯屈先生离了俄国而来中国，他说："离莫斯科不远的地方，有一个人名叫夏弗斯基的，他在那里办了一所学校，主张有许多与晓庄相同的地方。"我见了杜威先生的书，他说现在俄国的教育，很受这个地方的影响，很注重这个地方。他们也主张生活即教育，社会即学校。克伯屈先生问我们在文字上通过消息没有？我说没有。我又问他："夏弗斯基这个人是不是共产党？"他说不是。我又问他："他不是共产党，又怎么能在共产党政府之下办教育呢？"他说："因为他是要实现一种教育的理想，要想用教育的力量来解决民生问题，所以俄政府许可他试验，他在俄政府之下也能生存。"我又对他说：

"这一点倒又和我相合，我在国民党政府之下办教育，而我也不是一个国民党党员。"这是克伯屈先生参观晓庄后与我所谈的话。

现在我们这里的主张，终于已经到了实现的时期了，问题是在怎样实现。这一点可以分作三个时期：

第一个时期，是生活是生活，教育是教育，两者是分离而没有关系的。

第二个时期，是教育即生活，两者沟通了，而学校社会化的议论也产生了。

第三个时期，是生活即教育，就是社会即学校了。这一期也可以说是开倒车，而且一直开到最古时代去。因为太古的时代，社会就是学校，是无所谓社会自社会、学校自学校的。这一期，也就是教育进步到最高度的时期。

其次，要讲生活即教育与社会即学校，有几方面是要开仗的，而且是不痛快的，是很烦恼的，而与我们有极大的冲突的。

第一，在这个时期，是各种思潮在中国谋实现的时期，中国几千年来传统教育所支配的许多传统思想都要在此时期谋取得它的地位。第二，是外来的各种文化，如德国的文化中心的教育，英国的绅士的教育，美国的拜金教育。第三，是外国文化都在中国倾销，从各国回来的留学生便是推销外国文化的买办。

现在先说中国遗留下来的旧文化与我们的生活即教育是有冲突的。中国从前的旧文化，是上了脚镣手铐的。分析起来，就是天理与人欲，以天理压迫人欲，做的事无论怎样，总要以天理为第一要件。

他是以天理为一件事，人欲为一件事。人欲是不对的，是没有地位的。在生活即教育的原则之下，人欲是有地位的，我们不主张以天理来压迫人欲的。这里，我们还得与戴东原先生的哲学打通一打通。他说，理不是欲外之理，不是高高地挂在天空的，欲并不是很坏的东西，而是要有条有理的。我们这里主张生活即教育，就是要用教育的力量，来达民之情，遂民之欲，把天理与人欲打成一片，并且要和戴东原先生的哲学联合起来。

与此有连带关系的就是"礼教"。现在有许多人唱"礼教吃人"的论调，的确，礼教吃的人，骨可以堆成一个泰山，血可以合成一个鄱阳湖。我们晓得，礼是什么？以前有人说，礼是养生的，那是与生活即教育相通的。这种礼，我们不惟不打倒，并且表示欢迎。假若是害生之礼，那就是要把人加上脚镣手铐，那是与我们有冲突的，我们非打倒不可。因为生活即教育是要解放人类的。

再次，中国从前有一个很不好的观念，就是看不起小孩子。把小孩子看成小大人，以为大人能做的事小孩也能做，所以五六岁的小孩，就要他读《大学》《中庸》。换句话说，就是小孩子没有地位。我们主张生活即教育，要是儿童的生活才是儿童的教育，要从成人的残酷里把儿童解放出来。

还有一点要补充进去的，就是书本教育。从前的书本教育，就是以书本为教育，学生只是读书，教师只是教书。在生活即教育的原则之下，书是有地位的，过什么生活就用什么书。书不过是一种工具罢了。书是不可以死读的，但是不能不用。从前有许多像这样的东西，非推翻不可的，否则不能实现生活即教育。

现在外国传进来的思潮，也有许多与我们是冲突的。以文化做一个例吧，以文化做中心的教育，它的结果是造成洋八股。文化是人类创造出来的，固然是非常的宝贵，但它也不过是一种工具而已，不能拿做我们教育的中心。人为什么要用文化？是要满足我们人生的欲望，满足我们生活的需要。电灯是文化，我们用了它，可以把一切看得更明白。无线电是文化，我们用了它，可以更便利。千里镜是文化，我们用了它，可以钻进土星、木星里去。……所以文化是生活的工具，它是有它的地位的。我们不惟不反对，而且表示欢迎。欢迎它来做什么呢？就是满足我们生活的需要。有些人把它弄错了，认它做一种送人的礼物，这是不对的。文化要以参加做基础，有了这参加的最低限度的基础，才能了解，才能加上去。生活即教育与文化为中心的教育不同，就是如此。

还有训育与生活即教育的理论怎么样？生活即教育与训育把训与教分家的关系怎么样？生活即教育与社会即学校如何实现？小学里如何把它实现出来？假使诸位以为是行得通的，最好是每一个人拟一个方案来交我，哪一部分可以实现，我们就拿那个地方当一个社会实现出来。

现在我举一个例说：

去年因为天干，和平学园因为急于要水吃，就开了一个井。井是学校开的，但是献给全村公用，不久就发现了两大问题：

（一）每天出水二百担，不敷全村之用。于是大家都起早取水，后到的取不到水。明天又比别人早，甚至于一夜到天亮，都有取夜水的。到天亮时，井里的水已将干了。群聚在井边候水，一勺一勺地取，费尽了力气才打出一桶水。

（二）大家围着取水，争先恐后，有时甚至用武力解决。这种现象，假使是学校即社会，就可以用学校的权力来解决，由学校出个命令，叫大家照着执行。社会即学校的办法就不然，他觉得这是与全村人的生活有关系的，要全村的人来设法解决，于是就开了一个村民大会，一共到了六七十个人，共同来做一个吃水问题的教学做。到会的人，有老太婆，也有十二三岁的小孩子，公推了一位十几岁的小学生做主席。我和许多师范生，就组织了一个诸葛亮团，插在群众当中，保护这位阿斗皇帝。老太婆说的话顶多，但同时有许多人说话，大家听不清楚，而阿斗皇帝又对付不过来。这回，诸葛亮用得着了，他就起来指导。结果，共同议决了几件事：

（1）水井每天休息十小时，下午七时至上午五时不许取水。违者罚洋一元，充修井之用。

（2）每天取水，先到先取，后到后取。违者罚小洋六角，充修井之用。

（3）公推刘君世厚为监察员，负执行处分之责。

（4）公推雷老先生为开井委员长，筹款加开一井，茶馆、豆腐店应多出款，富户劝其多出，于最短期内，由村民团结的力量，将井开成。

这几个议案是由村民大会通过的。这就是社会即学校的办法。由此，我有几个感触：

（一）民众运动，要以对于民众有切身关系的问题为中心，否则不能召集。

（二）社会运动，非以社会即学校，则不能彻底实行。而社会即学校，是有实现的可能的。

（三）不要以为老太婆、小孩不可训练，只要有法子，只要能从他们迫切的问题着手。

（四）公众的力量比学校发生的大，假使由学校发命令解决，则社会上了解的人少，而且感情将由此分离。

（五）民众没有指导是不行的，和平门饮水问题，倘无相当指导，可以再过四五千年也不会解决。

（六）做民众运动是要陪着民众干，不是替民众干。要想培养中华国民，非此不可。

这就是以小学所在地做学校的一个例子，其余的例子很多，不必多举。社会即学校要如何的实现，请大家一样一样地做个方案，二次开会的时候再谈。

这是证明"生活即教育"与"社会即学校"是相连的，是一个学理。

关于"生活即教育"，我现在再来补充一套。我们是现代的人，要过现代的生活，就是要受现代的教育。不要过从前的生活，也不要过未来的生活。若是过从前的生活，就是落伍；若要过未来的生活，就要与人群隔离。以前有一部书叫《明日之学校》，大家以为很时髦的，讲得很熟的。我希望乡村教师，要办今日之学校，不要办明日之学校。办今日之学校，使小学生过今日之生活，受今日之教育。

林徽因

（1904年6月10日—1955年4月1日）

原名徽音，汉族。祖籍福建闽侯（今福建福州），出生于浙江杭州。中国近现代建筑学家、文学家，任教于清华大学建筑系。

1920年随父林长民赴欧洲游历。1923年参加新月社活动。1924年留学美国，入宾夕法尼亚大学美术学院，选修建筑系课程，获美术学士学位（2024年5月18日获追授建筑学学士学位）后就读于美国耶鲁大学戏剧学院舞台美术系。1928年与梁思成在加拿大温哥华结婚。1937年与梁思成圈阅批注中国营造学社藏本《大唐西域记》（数百处唐代建筑及地名），发现唐代建筑——五台山佛光寺。新中国成立后，在中华人民共和国国徽设计、人民英雄纪念碑设计和景泰蓝工艺革新等方面做出了贡献。著有《林徽因诗集》《林徽因文集》。

1955年4月1日，因病去世，享年51岁。

这是什么人生?什么风涛?

什么道路?志摩,你这最后的

解脱未始不是幸福,不是聪明,

我该当羡慕你才是。

悼志摩

十一月十九日我们的好朋友,许多人都爱戴的新诗人,徐志摩突兀地,不可信地,惨酷地,在飞机上遇险而死去。这消息在二十日的早上像一根针刺猛触到许多朋友的心上,顿使那一早的天墨一般的昏黑,哀恸的咽哽锁住每一个人的嗓子。

志摩……死……谁曾将这两个句子联在一处想过!他是那样活泼的一个人,那样刚刚站在壮年的顶峰上的一个人。朋友们常常惊讶他的活动,他那像小孩般的精神和认真,谁又会想到他死?

突然地,他闯出我们这共同的世界,沉入永远的静寂,不给我们一点预告,一点准备,或是一个最后希望的余地。这种几乎近于忍心的决绝,那一天不知震麻了多少朋友的心?现在那不能否认的事实,仍然无情地挡住我们前面。任凭我们多苦楚地哀悼他的惨死,多迫切地希冀能够仍然接触到他原来的音容,事实是不会为体贴我们这悲念而有些须更改;而他也再不会为不忍我们这伤悼而有些须活动的可能!这难堪的永远静寂和消沉便是死的最残酷处。

我们不迷信地,没有宗教地望着这死的帏幕,更是丝毫没有把握。张开口我们不会呼吁,闭上眼不会入梦,徘徊在理智和情感的边沿,我们不能预期后会,对这死,我们只是永远发怔,吞咽枯涩的泪,待时间来剥削这哀恸的尖锐,痂结我们每次悲悼的创伤。那一天下午初得到消息的许多朋友不是全跑到胡适之先生家里么?但是除却拭泪相对,默然围坐外,谁也没有主意,谁也不知有什么话说,对这死!

谁也没有主意，谁也没有话说！事实不容我们安插任何的希望，情感不容我们不伤悼这突兀的不幸，理智又不容我们有超自然的幻想！默然相对，默然围坐……而志摩则仍是死去没有回头，没有音讯，永远地不会回头，永远地不会再有音讯。

我们中间没有绝对信命运之说的，但是对着这不测的人生，谁不感到惊异，对着那许多事实的痕迹又如何不感到人力的脆弱，智慧的有限。世事尽有定数？世事尽是偶然？对这永远的疑问我们什么时候能有完全的把握？

在我们前边展开的只是一堆坚质的事实：

"是的，他十九晨有电报来给我……

"十九早晨，是的！说下午三点准到南苑，派车接……

"电报是九时从南京飞机场发出的……

"刚是他开始飞行以后所发……

"派车接去了，等到四点半……说飞机没有到……

"没有到……航空公司说济南有雾……很大……"

只是一个钟头的差别：下午三时到南苑，济南有雾！谁相信就是这一个钟头中便可以有这么不同事实的发生，志摩，我的朋友！

他离平的前一晚我仍见到，那时候他还不知道他次晨南旅的，飞机改期过三次，他曾说如果再改下去，他便不走了的。我和他同由一个茶会出来，在总布胡同口分手。在这茶会里我们请的是为太平洋会议来的一个柏雷博士，因为他是志摩生平最爱慕的女作家曼殊斐儿的姊丈，志摩十分的殷勤；希望可以再从柏雷口中得些关于曼殊斐儿早年的影子，只因限于时间，我们茶后匆匆地便散了。晚上我有约会出去了，回来时很晚，听差说他又来过，适遇我们夫妇刚走，他自己坐了一会儿，喝了一壶茶，在桌上写了些字便走了。我到桌上一看：

——"定明早六时飞行，此去存亡不卜……"我怔住了，心中一阵不痛快，却忙给他一个电话。

"你放心，"他说，"很稳当的，我还要留着生命看更伟大的事迹呢，哪能便死？……"

话虽是这样说，他却是已经死了整两周了！

凡是志摩的朋友，我相信全懂得，死去他这样一个朋友是怎么一回事！

现在这事实一天比一天更结实，更固定，更不容否认。志摩是死了，这个简单惨酷的实际早又添上时间的色彩，一周，两周，一直的增长下去……

我不该在这里语无伦次地尽管呻吟我们做朋友的悲哀情绪。归根说，读者抱着我们文字看，也就是像志摩的请柏雷一样，要从我们口里再听到关于志摩的一些事。这个我明白，只怕我不能使你们满意，因为关于他的事，动听的，使青年人知道这里有个不可多得的人格存在的，实在太多，绝不是几千字可以表达得完。谁也得承认像他这样的一个人世间便不轻易有几个的，无论在中国或是外国。

我认得他，今年整十年，那时候他在伦敦经济学院，尚未去康桥。我初次遇到他，也就是他初次认识到影响他迁学的逖更生先生。不用说他和我父亲最谈得来。虽然他们年岁上差别不算少，一见面之后便互相引为知己。他到康桥之后由逖更生介绍进了皇家学院，当时和他同学的有我姊丈温君源宁。一直到最近两月中源宁还常在说他当时的许多笑话，虽然说是笑话，那也是他对志摩最早的一个惊异的印象。志摩认真的诗情，绝不含有丝毫矫伪，他那种痴，那种孩子似的天真实能令人惊讶。

源宁说，有一天他在校舍里读书，外边下了倾盆大雨——唯是英伦那样的岛国才有的狂雨——忽然他听到有人猛敲他的房门，外边跳进一个被雨水淋得全湿的客人。不用说他便是志摩，一进门一把扯着源宁向外跑，说快来我们到桥上去等着。这一来把源宁怔住了，他问志摩等什么在这大雨里。志摩睁大了眼睛，孩子似的高兴地说"看雨后的虹去"。源宁不止说他不去，并且劝志摩趁早将湿透的衣服换下，再穿上雨衣出去，英国的湿气岂是儿戏，志摩不等他说完，一溜烟地自己跑了！

以后我好奇地曾问过志摩这故事的真确，他笑着点头承认这全段故事的真实。我问：那么下文呢，你立在桥上等了多久，并且看到虹了没有？他说记不清，但是他居然看到了虹。我诧异地打断他对那虹的描写，问他：怎么他便知道，准会有虹的。他得意地笑答我说："完全诗意的信仰！"

"完全诗意的信仰"，我可要在这里哭了！也就是为这"诗意的信仰"他硬要借航空的方便达到他"想飞"的宿愿！"飞机是很稳当的，"他说，"如果要出事那是我的运命！"他真对运命这样完全诗意的信仰！

志摩我的朋友，死本来也不过是一个新的旅程，我们没有到过的，不免过分地怀疑，死不定就比这生苦，"我们不能轻易断定那一边没有阳光与人情的温慰"，但是我前边说过最难堪的是这永远的静寂。我们生在这没有宗教的时代，对这死实在太没有把握了。这以后许多思念你的日子，怕要全是昏暗的苦楚，不会有一点点光明，除非我也有你那美丽的诗意的信仰！

我个人的悲绪不竟又来扰乱我对他生前许多清晰的回忆，朋友们原谅。

诗人的志摩用不着我来多说，他那许多诗文便是估价他的天平。我们新诗的历史才是这样的短，恐怕他的判断人尚在我们儿孙辈的中间。我要谈的是诗人之外的志摩。人家说志摩的为人只是不经意的浪漫，志摩的诗全是抒情诗，这断语从不认识他的人听来可以说很公平，从他朋友们看来实在是对不起他。志摩是个很古怪的人，浪漫固然，但他人格里最精华的却是他对人的同情，和蔼和优容；没有一个人，他对他不和蔼，没有一种人，他不能优容，没有一种的情感，他绝对地不能表同情。我不说了解，因为不是许多人爱说志摩最不解人情么？我说他的特点也就在这上头。

我们寻常人就爱说了解；能了解的我们便同情，不了解的我们便很落漠乃至于酷刻。表同情于我们能了解的，我们以为很适当；不表同情于我们不能了解的，我们也认为很公平。志摩则不然，了解与不了解，他并没有过分地夸张，他只知道温存、和平、体贴，只要他知道有情感的存在，无论出自何人，在何等情况之下，他理智上认为适当与否，他全能表几分同情，他真能体会原谅他人与他自己不相同处。从不会刻薄地单支出严格的迫仄的道德的天平指谪凡是与他不同的人。他这样的温和，这样的优容，真能使许多人惭愧，我可以忠实地说，至少他要比我们多数的人伟大许多；他觉得人类各种的情感动作全有它不同的，价值放大了的人类的眼光，同情是不该只限于我们划定的范围内。他是对的，朋友们，归根说，我们能够懂得几个人，了解几桩事，几种情感？哪一桩事，哪一个人没有多面的看法！为此说来志摩朋友之多，不是个可怪的事；凡是认得他的人不论深浅对他全有特殊的感情，也是极自然的结果。而反过来看他自己在他一生的过程中却是很少得着同情的。不止如是，他还曾为他的一点理想的愚诚几次几乎不见容于社会。但是他却未曾为这个而鄙吝他给他人的同情心，他的性情，不曾为受了刺激而转变刻薄暴戾过，谁能不承认他几有超人的宽量。

志摩的最动人的特点，是他那不可信的纯净的天真，对他的理想的愚诚，对艺术欣赏的认真，体会情感的切实，全是难能可贵到极点。他站在雨中等虹，他甘冒社会的大不韪争他的恋爱自由；他坐曲折的火车到乡间去拜哈代，他抛弃博士一类的引诱卷了书包到英国，只为要拜罗素做老师，他为了一种异异的境遇，一时特异的感动，从此在生命途中冒险，从此抛弃所有的旧业，只是尝试写几行新诗——这几年新诗尝试的运命并不太令人踊跃，冷嘲热骂只是家常便饭——他常能走几里路去采几茎花，费许多周折去看一个朋友说两句话；这些，还有许多，都不是我们寻常能够轻易了解的神秘。我说神秘，其实竟许是傻，是痴！事实上他只是比我们认真，虔诚到傻气，到痴！他愉快起来他的快乐的翅膀可以碰得到天，他忧伤起来，他的悲戚是深得没有底。寻常评价的衡量在他手里失了效用，利害轻重他自有他的看法，纯是艺术的情感的脱离寻常的原则，所以往常人常听到朋友们说到他总爱带着嗟叹的口吻说："那是志摩，你又有什么法子！"他真的是个怪人么？朋友们，不，一点都不是，他只是比我们近情，近理，比我们热诚，比我们天真，比我们对万物都更有信仰，对神，对人，对灵，对自然，对艺术！

朋友们我们失掉的不止是一个朋友，一个诗人，我们丢掉的是个极难得可爱的人格。

至于他的作品全是抒情的么？他的兴趣只限于情感么？更是不对。志摩的兴趣是极广泛的。就有几件，说起来，不认得

210

他的人便要奇怪。他早年很爱数学,他始终极喜欢天文,他对天上星宿的名字和部位就认得很多,最喜暑夜观星,好几次他坐火车都是带着关于宇宙的科学的书。他曾经译过爱因斯坦的相对论,并且在一九二二年便写过一篇关于相对论的东西登在《民铎》杂志上。他常向思成说笑:"任公先生的相对论的知识还是从我徐君志摩大作上得来的呢,因为他说他看过许多关于爱因斯坦的哲学都未曾看懂,看到志摩的那篇才懂了。"今夏我在香山养病,他常来闲谈,有一天谈到他幼年上学的经过和美国克莱克大学两年学经济学的景况,我们不禁对笑了半天,后来他在他的《猛虎集》的"序"里也说了那么一段。可是奇怪的!他不像许多天才,幼年里上学,不是不及格,便是被斥退,他是常得优等的,听说有一次康乃尔暑校里一个极严的经济教授还写了信去克莱克大学教授那里恭维他的学生,关于一门很难的功课。我不是为志摩在这里夸张,因为事实上只有为了这桩事,今夏志摩自己便笑得不亦乐乎!

此外他的兴趣对于戏剧绘画都极深浓,戏剧不用说,与诗文是那么接近,他领略绘画的天才也颇可观,后期印象派的几个画家,他都有极精密的爱恶,对于文艺复兴时代那几位,他也很熟悉,他最爱鲍提切利和达文骞。自然他也常承认文人喜画常是间接地受了别人论文的影响,他的,就受了法兰(Roger Fry)和斐德(Walter Pater)的不少。对于建筑审美他常常对思成和我道歉说:"太对不起,我的建筑常识全是Ruskins那一套。"他知道我们是最讨厌Ruskins的。但是为看一个古建的残址,一块石刻,他比任何人都热心,都更能静心领略。

他喜欢色彩,虽然他自己不会作画,暑假里他曾从杭州给我几封信,他自己叫它们做"描写的水彩画",他用英文极细致地写出西桑田的颜色，每一分嫩绿，每一色鹅黄，他都仔细地观察到。又有一次他望着我园里一带断墙半晌不语，过后他告诉我说，他正在默默体会，想要描写那墙上向晚的艳阳和刚刚入秋的藤萝。

对于音乐，中西的他都爱好，不止爱好，他那种热心便唤醒过北平一次——也许唯一的一次——对音乐的注意。谁也忘不了那一年，客拉斯拉到北平在"真光"拉一个多钟头的提琴。对旧剧他也得算"在行"，他最后在北平那几天我们曾接连地同去听好几出戏，回家时我们讨论的热闹，比任何剧评都诚恳都起劲。

谁相信这样的一个人，这样忠实于"生"的一个人，会这样早地永远地离开我们另投一个世界，永远地静寂下去，不再透些须声息！

我不敢再往下写，志摩若是有灵听到比他年轻许多的一个小朋友拿着老声老气的语调谈到他的为人不觉得不快么？这里我又来个极难堪的回忆，那一年他在这同一个的报纸上写了那篇伤我父亲惨故的文章，这梦幻似的人生转了几个弯，曾几何时，却轮到我在这风紧夜深里握笔吊他的惨变。这是什么人生？什么风涛？什么道路？志摩，你这最后的解脱未始不是幸福，不是聪明，我该当羡慕你才是。

原载于一九三一年十二月七日《北平晨报》

王统照

(1897年2月9日—1957年11月29日)

字剑三,笔名息庐、容庐,中国现代作家,山东诸城人。1924年毕业于中国大学英文系,1921年与郑振铎、沈雁冰等发起成立文学研究会。曾任中国大学教授兼出版部主任、《文学》月刊主编,开明书店编辑,暨南大学、山东大学教授。建国后,历任山东省文联主席,山东大学中文系主任,山东省文化局局长。代表作包括长篇小说《春雨之夜》《山雨》《春花》《一叶》等。

王统照不仅是现代作家,还是社会活动家和教育家。他在文学、教育和社会活动方面都有显著贡献。在文学方面,王统照的作品涵盖了小说、诗歌、戏剧、文学批评和译著等多个领域,尤其以小说和诗歌成就突出,具有深刻的社会意义和人文关怀。王统照的一生对文学和教育作出了重要的奉献。他的文学作品在中国现代文学史上占有一席之地,被誉为新文学运动的奠基者之一。他的教育和社会活动也为培养新一代的文学人才做出了巨大的贡献。

渺小的我，
将何适何从。

人生价值的最低限度

"人生"二字我们要认识他的真正价值，要估衡他的价值的分量，因这个问题，久已费尽多数贤哲的心脑，但高谈玄理，则不切于事实，过重唯物观，则弃却精神上的感受。两者皆不获其正解，因之驳辩纷起，多归无当，我想固然人生问题甚难分解，而我们一日彳亍在生之途上，即不能不求生之决定；因为没有这一点，我们又如何有立身安心的东西？在我们的内在的意识，外在的环境中却如何去生存着？即如中国的哲学，诚属多偏于侈谈性理，近于谈玄，而所谓"飞鸟鱼跃"；所谓"执两用中"；所谓"即去即行"；所谓"克己复礼"；所谓"存天性而祛物欲"，这些话极似迂阔，无当事实，然在主此说者之个人所服膺毋失，见诸行事。已足以使其终生受用不尽。其说的是非正误，属于哲学思想的批评范围以内，姑不与论；而他所以必要主张一种如合格之般的言词去切己励行，正是他从繁复迷惚的人生的歧途中，我得一条路去走。其为坦坦荡荡的大道，或是迂曲崎岖的小径，那就不可得而知，在行者自身，则确是走上万"人生"的途径。由此他可以得到优游快乐的报偿，也可以得到悲苦爵烦的施礼，不过他究竟不是没曾尝试到人生之趣味的。

人生价值，谁也没有一定不移的衡。但至少每人总要有他自己的。因为人本是有感觉及运动二种本然，又有由此二者运合而成的反射功用及其想象，于是对于事物，有善恶的评论；对于思想有取舍的分别。意志的起源，与掳而充之而成的社会连合的根本条件，全由此微点发生。人类的历史，即是感觉与运动的发达史；而此二者的根本关系，却全由每个人的人生价值之决定的各别态度而异其趋向。感觉固属本能运动亦然，不过除了无知无觉的婴儿之外，其天然的本能，恒受外围的环境，及内在的意识之变更所支配改变，时时不同，此理甚深，非此篇所能尽述，但例如宗教上神力开信仰，哲理上探求的默示，文学上情绪的倾流，也何尝脱离各个人所认识决定的人生价值的范围外去。赫胥黎曾谓："夫性之为言，义训非一，约而言之，凡自然者谓之性；与生俱生者谓之性。故有曰万物之性，大川水流，鸢飞鱼跃是已；有曰人生之性，心知血气嗜欲情感是已。"（从严译）自然的，与生俱表的，这就是人生而具的本能，不过本能有时受了外围的迫逼，变迁，当然不能在一个范畴之中，其所以能改其方向的，一句话就是由于各个人对于其"人生"价值之认识不同之故。

一个纵横捭阖的政客，他是有何等人生价值之决定？一个肩柴的樵子，他是有何等人生价值的决定？一个多愁而柔性的少女，她是有何等的人生价值的决定？一个博闻广识的学者，他有何等人生价值的决定？推而至于无量敌人等，处境不同思想不同，经验不同，自然会路出多歧。但正如尼采所说的重新估定价值，只有被我们自己去决定而已。我们在这等纷扰、迷妄的时代，虽是我们自己宁愿抛开这个问题不管，但自然的趋势，会使我们有决定主观上的人生价值的必要。什么"不朽"，什么"永在"，什么"大自我的扩展"，什么"人生的绵延"，这些哲学者的话，也都是由此中产出的。渺小的我，将何适何从。

人生价值的最低限度，我的直观以有二种。

（一）情绪生活的游衍，胡致斋虽有一句话是"学者务名。所学虽博，与自己性分，全无干涉，须甚事？"古人治学，以理学家的眼光来治学：尚须时时提到性分两个字上去，可见过重计较而偏倾理想的生活，是在人间不能恒存的。近代文学批评家温齐司德曾有一句话是"情绪在一种地位上是自重的，人格的；非在他方面却是普遍的。"人类社会所以当教人留恋，使人涵濡于其中的，只有人间真正情绪的谈洽融合。理情诚能开启知识的秘钥，然而他使我们学，使我们去，却不能使我们从纯直的心中感到永久的趣味。所以一个人非少却情绪的生活，不特他自力觉得在人生的险峻与崎岖的长途上，走的乏味，即客观的森罗万象，也感到冷漠之感。项安世曾说："天地万物之所以感，所以久，所以聚，必有情焉，万物生感也，万古养一久也，会一归一聚也，去斯三者而天地万物之理毕矣。"我说人必须有情绪生活的游衍处亦有在长。感"久"，"聚"，都是在人间建行不见的，但少却情绪来作缝系的锁链，试问世界能否不成一个沙漠？

只是盲目作事，研究，到底却为何来？固然人生绝没有尽极的目的，而在此中，亦要多少感点趣味，他方识得人生之真义。独有情绪生活能担当起这个重任，花开鸟啼，云飞虫散，以及真诚的哀乐的情绪的发挥；或感，或动，或思，或行，不计较，不预算，正其所不能不正，行其所不能不行，这正是宇宙的洪流，所以永没有停息之一日的缘故，而我于此中也可得到人生价值的趣味了。

（二）自己人生观的确定。德国哲学名家康德以为注重主观之形式，皆由我之自觉性所产生。我想人间的形形色色皆属外在的，设使我们完全弃去主观上的审定，甄别，取舍，则外物于何有？我们的行为知觉，以及与外在的客观物体，处与有关系的无一非自我活动的结果。哲学上所谓的认识论，与此自我的活动有极大的关系，我姑不引证，然有我而后有世界，世界一切的印象及其活动，皆视我为转移，故名花皎月，当其境者有哀愉之不同；醇酒胜地在其时者有恬然优劣之分界，盖自我的人生观至不一律，黑白是非，乃不纳入于一种轫物之中。人的观念，随时空而有变化；但所谓时间，亦间俱属活动的瞬变的，人类的感有对于他们，所以起不合的应感者，又由于教育，经验环境种种的暗示中来。总而言之：人生观固不一律，但最低限度总要有一个，而且每个人有一个。如有的偏重直觉生活，有的偏重理性生活；也有人愿以醇酒妇人而度其浪漫之生，有人则力学孳孳以遂其长去之愿，但流芳与遗臭原没有了不得的分别，其是非且不论而至其自己确定的人生观，总胜于且以优游，且以卒岁者远甚。人有其一定的人生观，方可以有鹄可射，有光可寻；换句话：就是有路可走。如此等人，无论如何有其自觉的地方，所谓生存者即是被觉（to is to de Helceiued），他所以有被觉之处，便可立下他的人生观的界限，由此可以循轨而趋其生活不是无目的，空处，浮薄，无聊了。

上述二端，是我匆忙中所想的，要求人生价值的最低限度的必要条件。也是人所以在"生"中多少寻点趣味的地方。至于何种情绪为相实，何种人生观为妥适，非本文中论所及，只得付之阙如了。

生命的新微光

王统照

夏日的南风，催熟了无量数的果子，才几日漫天飞舞的柳絮，已变成凝碧而流动的水上的萍花。宇宙中的生命，果然是循环的，不尽的，创造的，向着光与爱的路中，依无穷期的旅行。

小鸟儿啼倦了，用无力的羽翼，傍着他的雏儿，静静地石柳叶阴中，没得言语。

水边的慈菇，嫩绿的三尖叶上，浮着轻黄的微光，迎着和风，慢慢的摇动。他那静微的，沉默的表象，是代表出一个"具体而微"的宇宙之生命的画图。

生命在哪里？没有踏在连日细雨的泥淖里？没有失落在水池的石罅里？唉！我热烈的，渴望的寻求之心，待从那里找出？绿痕斜铺的山坡上：几个白衣短装的童子，在前跳着，三四个蓬发蓝裙的女孩，扶着小丛树的根，审慎而自然的笑，在后面走。山坡的上面：一丛黄色的无名之花，却夺了他们活泼的目光，他们互笑着，扶着，……雨后湿气笼住的山头，添了一阵烂漫的笑语。——一段出游的事实。

我立在下边：凝望着，深沉的想：当前的景物，至于失了我的心神！我是生命的追求者，而他的轻耀的新微光，已经浮现在我的心头！

"那里的夜，似是已经堆起在山边下，去等候新的微笑。"梅特林克是这样说：生命的新微光，是在何处？我想牢牢的捉住他，永不能失了他，永不能使他迷了路！

生活—时间—思想的争斗力

生活是一条丝绵织就的绳索，它固然没有钢铁般的硬度，但同时在捆缚挣扎之中，也足以令你呻吟，令你悲怨，令你周身的纤维化作燃烧的火星，令你一体内的血液冲决而成江河。

时间性会将生活横穿连锁，使你不能托地跳出，纵身云外，只索"相煞有介事"似的，在时间内磨销你的才力，减损你的智慧，烧毁销镕你的身体，也或者粉碎了你的灵魂。但生活的威权，绝不能丝毫将你饶恕！你既向生活低头，于是时间就是你头上的"矮帘"了。

如果我们能以安安舒舒清清闲闲地任凭时间的支配，任凭生活的播弄，它们愿意松了我们的绑，我们便伸个懒腰缓过一口气，如果它们愿意加紧羁束力，我们便瞠目，闭气，静待它们的处分；这实在是再好不过的。"不乐寿，不哀夭"，"忘己以入于天"，岂不快哉！也岂不写意！更何苦来去忙忙的追求，去怅怅的寻思，去糊里糊涂的"时势……英雄""英雄……时势？"更不必说甚么在风雨如晦中听鸡儿鸣。月上柳梢后去玩寻芳步幽的把戏，以及捻着髭儿吟诗，把着臂儿入林等等更琐碎的事了。然而，而生活的榨压，内心情绪的沸腾，再加上时间老人的撩拨，于是在安乐椅上明明坐得十分舒适的便立起来绕室徘徊了；明明立在房门口剔着牙签儿的姑娘，也忽而引巾拭泪要同那一群群的呆雁短叹长嘘了；明明是可以大嚼肉饵大可逍遥的，忽而要试试二角机上的刀锋滋味；明明是在她沉眠的清晓时间，也有人大作其丧气枯亡的慨叹了。生活简直是十分奇异的一个空中怪物，它这样的去来无踪，这样的使人人受到它的激励,况且它又能变化得神妙莫测,随时幻形。于是,它乃摇身而成一条丝绵织成的绳索,不硬不软的将这些恒河沙数的可怜虫整个儿捆得结实,使你跑不掉,走不脱。

因此话又说回来了。我们不能否定生活,我们更不能超出于时间之上或时间之外,那末,便须在某时间内找我们的生活。生活的味道,辛,酸,甜,苦,固然不止一种,就是平陂崎岖也不一定是一样的路途。记得从前我曾打过一个譬喻,说:"宁为藕花,不为浮萍,这两句微妙的话方是了悟生活的真实意义。""生"的"生的闷脱儿"不能一日幻作空花,那"生"的冲进,"生"的搏斗,"生"的胶扰,便永远留在人间。时间是生活的外延,而生活也便是时间的酵母。

与此中乃迸跃出思想的火花,纷射,乱集,燃烧,蔓延,将瞬时中的宇宙,可以使之"变形易色"。

思想的权威能以变化一切,支配一切,掀动一切,破坏一切,也能建立、完成一切的一切。这并不是说着好顽的话,打开人类的进化史一看,还不是一部相斫书?也就是一部争斗史。这相斫争斗得动力,便是奇怪的思想。而人类为什么有许多的思想?没有别的话可作解释,我以为全是由生活力与时间性酝酿而成的。

如果思想永远是统一的,是集合的,是没有破裂分化的时候。那末,生活便不成其为生活,时间也永远是千古不变了。我们所说的思想,自然是包括多方面的:如政治的,科学的,文艺的种类上的区别;又如苦痛的,快乐的,失望的,满足的性质上的判分。总之从具体上讲来,思想是人类一切的哀痛之渊,愉乐之府,也可以说是侥幸的机运,踌躇的原力,是人类活动的大本营,也是世界造成的根本要素。而能为其左右两翼，助之摇旗呐喊，金鼓齐鸣的，就是时间与生活。

由思想而形成的争斗，甚而至于形成实力的交手仗，在我们看来都非常有趣，不但有趣，实在也觉得这是人生本能的真实挥发。必须有这样精摇神动，毫发竖立的争竞，有这样的声色力量都十分充实，十分饱满的战斗，才能现出人生活剧的焦点（Climax）。像这样淬厉的，猛锐的，壮旺的由思想之力的支配，由思想之翼的扇动，由思想之源泉所喷发出的争斗，真所谓"崔乎其不得已罄乎其未可制"（节取庄子语意）的人力的隐德来希在挥动呢。

假使没有苏格拉底，没有耶稣，没有项羽，刘邦，没有马拉，拿破仑，纳耳逊，没有梅得涅，玛志尼，加利波的，没有华盛顿，列宁……种种的人类争斗的领袖与多少无名的英雄——不管他是专制的暴君，也不管他是无政府的党人，——则人类历史岂不甚黯惨无光，没的可看，也没的可作，而且人类之淬厉的，猛锐的，壮旺的精神，也更踏破铁鞋无从觅到。然而伟大的争斗者，我们可以说他是思想的主人，也是思想的奴隶；他是时间与生活所产生的骄儿，也就是时间与生活的败家之子。然而我们崇拜思想，崇拜思想的挥动是人类之力的活跃，所以喜欢看世界中一切的争斗；其实世界一切的争斗，只要从自由严正思想的威权中爆发出来的，它那四散的火星总是灼灼显光彩的。

可怜我信手写了上面的两段文字之后，便忽而低头想到中国了！——在这样的中国里，我们所消费的是什么时间？我们所度过的是哪种生活？请诸君为下一转语！想有思想的人，也不能不像我一般的低头了！也或者有人能昂头些。在……时间，……生活中，思想呢？由思想之力而挥发出来的争斗呢？

在哪里？在哪里？哼！就是这天高气爽中有两面光采灰暗的五色旗儿在公园门外，新华宫前遥遥相望吗？或只是疲倦苦呻的哀号，喊"赏一个大"的肉体生物在车尘马足中宛转着吗？还是彼此冷酷的讥笑声？还是"银样蜡枪头"的雪光一亮哩？

我们的时间是整个儿安贴贴地躺在地上了么？我们的生活是被抽血的机器全个儿抽净了么？由思想中而来的争斗呵！你们何不托地跳出，灿烂光明的为这沉沉古国新演上一场活剧！——只要是活剧便好！我们看烦了，看厌了傀儡的把戏了。——为这招牌上大书深刻的十四年的令人漠然的"国庆节"来预备点砌末！耍卖彩头！

从前读过一本非我们贵国的一位著作的文字，他说：

"我们不明白奇怪的种种思想在我们心中的激动。这种种声音是喊动我们到许多伟大的效果，许多沉重的工作上去的。虽然我们还不能了解这些声音的意思，而且藏在我们之中的种种回响所能回答的是扰动，不清楚，而且是哑默的。"

到底要问一句绝对为什么而作？为什么"为"而为的。那末，真正伟大的效果，沉重的工作，便不易期其实现了。

所谓这样十有四年之国庆日之后，能否有伟大的效果，能否有沉重的工作之实现？就是要看从此后的思想的争斗力若何了！

伏园要我为京副国庆日作文，我久不愿作无味的文字，尤不善于作应时的文字，在百忙而且微病中草成这篇拉杂的东西，可是不应时，更不是为应个景儿，凑个份子，更不必说甚么"善颂善祷"了。

杨朔

（1913年4月28日—1968年8月3日）

山东蓬莱人，原名杨毓瑨，字莹叔。中国现代作家、散文家、小说家、全国政协委员，与刘白羽、秦牧并称"中国当代散文三大家"。

1929年，毕业于哈尔滨英文学校；1939年参加八路军，转战于河北、山西抗日根据地，从事革命文艺工作；1942年7月到达延安，在中央党校学习3年，参加了延安整风运动；1945年1月加入中国共产党。后到宣化龙烟铁矿蹲点，创作了反映工人生活和斗争的中篇小说《红石山》；解放战争时期，担任新华社战地记者；1950年赴朝鲜前线，写下了反映抗美援朝生活的长篇小说《三千里江山》；1954年，调至中国作家协会，任外国文学委员会副主任、主任；1958年后，从事外事工作。1968年8月3日，服安眠药自杀，终年55岁。

一枝花,一棵庄稼,一个生物,都有他活在里面。是他,是数不尽像他这样的人,给了我们今天这样的生活。

杨朔

用生命建设祖国的人们

我刚从朝鲜回来。这些天，心里总是充满东西，坐不住，睡不稳，只想跳起来，全身投到什么地方去。还记得回来时刚过鸭绿江那天，我一早晨跳上火车，扑着祖国的心窝奔去。同车的有位志愿军指挥员，鬓角上露着星星点点白头发，他离开祖国有两年多了。我们尽对面坐着，谁都不言语，目不转睛地望着窗外。窗外飘过去祖国的天，祖国的山，祖国的漠漠无边的田野。火车开到本溪；窗外闪出庞大的烟筒，远近是许多复杂的工厂建筑。那位指挥员眼里露出又惊又喜的光芒，悄悄喊："我就是想看看这些呀！"

我见到祖国人民的大建设，闻到祖国人民幸福生活的气息，我的心却飞到朝鲜——我不能不想到我们的志愿军。就在这一刻，那千千万万好同志啊，在风里，在雪里，在坑道里，在废墟上……正用他们无比的英雄气概，清除着那些破坏人类生活的暴徒。没有他们，怎么能有今天的祖国？他们是在战斗，也是在建设——他们是用整个身子，整个生命，给祖国的建设打下牢固的基础，给人类的未来铺下和平的大道。

他们是真懂得生活啊。那时候我还在前线，有一天，我到一个高射炮连队去。连队扎在山头上，战士们都住在临时新挖的掩蔽部里。掩蔽部又阴冷，又潮湿。脚下一踩一咕哧水，但是收拾得整齐的很：墙上贴着毛主席像，空罐头盒里插满大把的野菊花，土炕上摆着一排被子，叠得方方正正，一律是颜色鲜明的花布被。这些被子不是公家发的，是战士节省下自己有限的一点津贴费，托人从祖国买来的。这还不算新奇，还有更新奇的呢。就在这个阵地上,在一门大炮前,我发现一丛叫不上名的野花,红艳艳的,怪好看的。不知谁怕霜打了它,特意用松枝细心细意搭了座小棚,遮着这丛红花。这丛红花不是移来的,从根起就长在那儿。战士们挖阵地,安大炮,后来也不知用这门炮和敌人打了多少仗,始终也舍不得损坏这棵花,一直保存下来。

不要笑我们志愿军太孩子气了吧,我懂得他们的感情,他们的心。那些心是又朴素,又善良,又单纯。他们过的是紧张而艰苦的战斗生活,他们却有着高贵的理想,热烈的愿望,渴望着把生活建设得更美好。那些花布被,那丛红花,就说明了他们对生活的愿望啊。要不是这种热烈的愿望,他们怎么能献出自己,甚而献出自己的生命,去保卫祖国,保卫人类的生活呢?

在这个连队里,我就见到这样的高射炮手。这个炮手有一回跟空中敌人作战,阵地上打得烟雾弥漫,灰土罩严了,什么都看不见。耳朵边上忽然听见唰一下,炸弹从头顶落下来了,他在心里叫起来:"可别落到炮上呀!"身子急忙往前扑,一扑扑到瞄准镜上。炸弹就落到阵地前面,尘土爆起多高,炮也不响了。指导员冒着烟土跑上去一看,气浪把两个人吹下炮来,那个炮手伏在瞄准镜上,后背血淋淋的,人也昏了。指导员要去抱他,他一下子醒过来,甩着手叫:"放!放!放!"坐到炮位上又打起来。

看看这个好同志!事后他对人说:"我伤了不要紧,镜子伤了,就不能瞄准打敌人了。"当天他带着伤,就用这门炮打掉一架敌机。

这个同志姓曹。可是知不知道他的姓名又有什么关系呢?

像这样的人,在我们志愿军里,上千上万,到处都是。

提起汽车司机马连昆,我不能不怀着特别的敬意。这个英雄在前线上开着车,牵引着大炮转来转去,重重地打击着敌人。有一晚上,他又拉着炮往前走,路上通过几道照明弹封锁区,不料叫敌人炸了。马连昆崩的满身是血,昏迷不醒,一醒就问:"咱们的车还有么?"

同志们告诉他还有。

他说:"只要有车,我们的炮就能转到阵地上!"说完话,痛得牙咬的咯崩咯崩响,却不喊不叫。一会又说:"我已经不行了,同志们不用留恋我,赶紧把炮拉走吧!"又喊:"毛主席万岁!志愿军万岁!"言语就不清了。

我们有这样的汽车司机,也有这样的火车司机。记得是一次很急的任务,天落霜了,前线紧等着要一列车被服。一个年轻的司机连夜拉着被服往前送,天亮前后叫敌机发现了,叮住就不撒嘴。敌人左一梭子机关炮弹,右一梭子机关炮弹,打得火车前后左右爆起一溜一溜的火光。

那司机正在要求入党,对司炉喊道:"这是党考验我们的时候了!"冲着前面一路飞跑。

一转眼天就明了。附近的朝鲜老乡听见火车咯噔咯噔这个响啊,打开窗门一看,大吃一惊,都跑了出来。早晨的雾散了,田野里漫着层白霜。只见地面跑着列火车,天空追着架飞机。飞机打一个盘旋,又一个盘旋,对着火车连扫带射,那火车却不理,咕咕咕咕,只管往前冲。老乡们看痴了,也忘了隐蔽,都鼓起掌来,大声喊道:"哎呀,开车的志愿军真勇敢!"

是勇敢。那司机就是这样一直把火车开进大山洞去,安安全全藏好,松了口气,慢慢走到洞口,探着头望了望天:那架敌机不死心,还在转呢。

那司机望着飞机大声笑着说:"劳你驾,一直送到家门口!"

这司机是谁,我想也没有提名道姓的必要。难道这样人物还是个别的么?

不过有个青年战士,直到现在我还懊悔不知道他的姓名。但在我一生中,我永远不会忘记他。一闭眼,我就想起他的样子:方方的脸,弯弯的眼睛,见人就一笑,显得又平静,又温和,又有毅力。我见到他,完全是个偶然的机会。

那时候三次战役刚结束,我有事往汉城(今首尔)去,走了一宿,天傍亮在一家朝鲜老百姓屋里找到个宿处。院里放着几副担架,抬担架的是些东北来的民工,正在小休息。当中一个民工年纪大点,特别爱说话,眉飞色舞地谈着前线的情形。

那民工说:"仗打得可好啦!咱不知道,怎么这些同志就像是天神下界,简直天下无敌!"接着长篇大套说起来了。他说有个战士,也就是二十岁左右,从平壤追击敌人时,脚后跟冻烂了。用布包着,走起来一瘸一瘸的,谁见了都心痛。指导员想叫他留在后边,那年轻人说:"指导员放心吧,我掉不了队。掉队还叫个志愿军啦!"人家孩子就不掉队,爬大山,走雪路,脚肿的穿不上鞋,用烂棉花包扎着,谁痛谁知道,可是人家就不掉队。

打汉城外围议政府时,那青年在火箭筒排里,背着炮弹跟班长到公路旁边去打坦克。敌人的重坦克有好几辆,呼隆呼隆冲上来了。射手开了两炮,打坏头一辆。第二辆坦克又绕上来,想必是发现了我们的火箭筒阵地,冲着我们直打机枪。射手倒了,班长也挂了花。那青年赶紧接手去打火箭筒,可是先前没使过,连打几发炮弹,一发也没打中,坦克倒迎面冲上来了,眼看着要压到他的头顶上。

那青年想要再打,谁知炮弹没了。他喊了声:"为了祖国!……"迎着坦克站起身子,一甩手撇出颗手雷去。坦克冒了黑烟,他人也倒了……

我听那上年纪的民工讲到这儿,从心里觉得可惜,哎呀一声问道:"他人也牺牲了吧?"

那民工笑笑说:"牺牲?这样人还能牺牲!"又用烟袋锅一指担架说:"那不是躺在那儿。"

这老汉真会弄玄虚,原来谈论的就是他抬的伤号。我很想看看那青年,那民工却把自己的老羊皮袄盖在伤员头上,盖得严严实实,不漏一点风。我掀开老羊皮袄,那青年冲着我笑了笑,虽说受了伤,脸色还是那么平静,那么开朗。我刚想和他谈几句话,问问他的姓名,那民工朝着我嚷起来:"你这个同志,真是!不怕冻坏他吗?"一把推开我,又把老羊皮袄好好盖严,抬起担架赶他们最后一段路去了。

这些人,这些人,这些人啊!从前线到后方,在整个朝鲜战场上,你怎么能数的清,记的完呢?他们离开祖国,离开家,挨冻受累,流血流汗,为的是什么呢?为的是我们的祖国啊。爱就应该是忘我的。他们爱祖国,爱人民,爱和平,谁还去计较个人的利害,个人的得失,个人的生死呢!这是种大无畏的自我牺牲的精神。他们自己却从来不认为是牺牲。这算什么牺牲?我们做的正是我们应当做的事。

冬天一来,朝鲜前线上又该是漫天风雪了。我离开朝鲜那天,同志们握着我的手,殷殷勤勤地说:"你走了,可回来呀,回来多告诉我们些祖国建设的情形。"

现在新的年代已经开始,祖国的伟大建设也开始了。不论在祖国,在朝鲜前线,我们的人民一定能在毛主席的光辉照耀下,共同创造新的历史,新的时代。

一九五三年

杨朔

万古青春

　　这是朝鲜停战后头一个春天。去年一冬,飘风扬雪的,忽然从残冰剩雪里冒出碧绿的马醉草,接着刮上几阵东风,漫山漫坡绣满了鲜红娇艳的天主花。晚上,要是月亮好,你会听见布谷鸟用怪清脆的嗓子不断叫着:"快快播谷!快快播谷!"

　　正赶上这样个好春天,我出发到金城前线去看轿岩山阵地。轿岩山上原本有敌人的强固工事,去年七月停战前十几天,被我们攻下来。

　　汽车司机是个久经战斗的老手,人挺爽快,干起活来,手脚忽隆忽隆的,像是阵风,总好开飞车。据说有一回他带着露水出车,老远望见前面路上有只野鸡。那野鸡还来不及飞,一眨眼早碾到他车轮子底下。车子一过北汉江,司机抖擞起精神,一会告诉我这是我们的反坦克阵地,一会又说那是敌人的炮火封锁区,样样事,熟得很。他带着惊奇的口气说:"哎呀,盖了多少房子呀!原先这一带哪见个人?"

　　应该说原先有人,有田园,都毁了,现时人民重新建立起家业来了。房顶上盖着一色新稻草,黄笼笼的,恍惚闻得见一股类似焖饭的稻草香味。有的房子正面墙上还用云母石嵌着大字:"和平万岁",像绣花绣的一样精致。我知道,这是志愿军帮助朝鲜人民盖的。稻田都灌满水,拉上线,正准备比着线插秧。远处有个人头上戴满了红的黄的白的野花,用唱歌的调子大声吆着牛翻地。到底是青年人,喜欢风情。车子转眼赶到跟前,我回头一望,不想是个胡子花白的老人了。在一家门旁,我见到棵杏树,差不多叫炮弹打枯了,不知几时又抽出嫩枝,满枝开着白花。

司机一路不住嘴说:"变了!变了!都变了样了!"

春天并不能完全改变轿岩山的面貌。山势挺陡,到处是打塌的地堡坑道。还可以清清楚楚看出敌人的环形工事:围着山是一圈壕沟、又一圈壕沟,沟顶上纠缠着打烂的铁丝网,说是盖上这些玩意,可以叫你冲锋时跳不进壕沟去。四面山坡上布满了铁丝网,紧贴着地皮,叫个蛇腹形,名字挺吓人的,可惜经不住炮火劈,都滚成球了。

我一直爬到最高主峰的石崖上,朝南一望,金城川气腾腾的,漫着好大的春雾。那就是军事分界线。川南山连着山,从望远镜里望过去,空虚荒凉,全是敌人盘踞的阵地了。

陪我同去的一位参谋指点着说:"军事分界线原本顺着轿岩山以北划的,一拿下这座山把敌人平推出去十几里路,推到金城川南,分界线就划到金城川了。这一打,板门店的敌人慌了,赶紧要求签字停战。"

我听了,默默无言地望着四外的形势。山险,工事又强,这要有一定的好战士拿出自己的生命血汗,才能换到这个胜利、换得今天。

那参谋也许猜透我的心事,指着下边问:"你看见那个山包么?"

那山包比起来矮多了,都是黄焦泥,稀稀落落长着点青草,开着几丛野花,飞着几只蝴蝶。当时是敌人阵地的门户,也是我们夺取主峰的起点。

那参谋接着又说:"就是在那儿,我们牺牲了个挺好挺好的同志。他死的真壮烈啊!拿性命给这次胜利开辟出道路来。"

他指的是黄继光式的一级英雄李家发。这个来自安徽南陵贫苦农家的孩子只有十九岁，都说他的心是水晶做的，透明透明，一点不懂得自私，连自己的生命也不自私。心灵加上嘴巧，手脚麻利，凡是认识李家发的人都这样评论他："那孩子，真欢！一见面就逗人喜爱。"不管他走到哪儿，你听吧，四面八方总有人喊他："李家发，你唱个歌。""李家发，你跳个托辣桔（桔梗）舞。"李家发把衣服一抢，就唱歌跳舞。

他并不想故意引人笑，他那欢乐的性格却常常引的人发笑。反细菌战那当儿，有一回，班长听见李家发一个人在青枫树底下自言自语骂："你这个杜鲁门，再叫你祸害人！"跑去一看，原来李家发捉到只耗子，倒吊在树上，手里握着根藤条，抽一下，骂一句。又有一回，一个战士听见掩蔽部里有条狗呜呜嗤着鼻子，吓的一只猫没好声地叫。那战士大声吆呼说："出！出！怎么猫狗都跑到屋里去了？"一发觉是李家发装的，那战士忍不住笑："你是从哪来的鬼聪明？学龙像龙，学虎像虎。可就有一宗你不懂，你大概自小不懂得苦。"

这话错了。李家发自小也像所有劳苦人民一样，受过折磨，懂得愁苦。只有经过愁苦的人，才更懂得今天的欢乐。他自己乐，也愿意旁人乐。见到谁愁眉不展的，他就会亲亲热热抱住你，像马撒欢似的。用牙啃啃你的肩膀，又要跟人跳"青年战士"舞。人家不会，他说："不会我教你。"就搬着人家的腿，叫你先出这条，再出那条。

谁要以为李家发是个嬉皮笑脸的顽皮孩子，那又错了。别看他人小，心胸可大，做什么事都认真要强。一次，连长派他到阵地前沿去送信，正巧前沿包饺子，战士们见他来了，喜欢的非拉住他吃不可，回来晚了。连长批评他说："你准是贪玩，误了事怎么办？"李家发背着人悄悄哭了。隔一天，连长跟一位友军谈话，又派他去送信。正谈着，李家发走进来。

连长生气了："上次批评的是谁？你怎么磨磨蹭蹭的，还不去送信？"

李家发说："我回来了。"

那位友军睁大眼道："好快的腿呀！我这支烟还没抽完，你就回来了。"走后还写信来说："我就是想你们那个爱说爱笑的铁腿通讯员。……"

李家发走路一蹦一跳的，会几句朝鲜歌子，整天挂在嘴上。

有人笑他说："瞧你像个雀似的，嘴不会闲着——你变个雀得了。"

李家发笑嘻嘻地说："我不想变个雀，我想变个别的。"

人家问他："你想变个什么？"

李家发说："我想变个歌子，让你们大家都唱我。"

打轿岩山时，李家发被编到排里当联络员，管信号弹。他心里有点不舒服。人家都打完了，我从后边上去了，算个什么？

排长说："没有联络员，耳目眼睛都没有了，你别马虎大意。"

李家发脸一红，笑了，也就专心专意学信号，还把信号编成几句快板，一天到晚哼哼着，这样好记。临出发，青年团分别开小组会，李家发坐在旁边，眼望着地，一个人偷偷笑了。

小组长问道："你笑什么？"

李家发不好意思说："没什么。"实际上他心里想起件事。他记起前次开五四青年节大会，都叫穿上新衣服，戴上功臣章。李家发扣上风纪扣,前后理理军衣说:"班长啊,我的衣服倒是新的,就是没有功臣章。"班长可会说:"你借一个好了。"笑话,功臣章也好借么?你瞅着吧,等我自己得一个。可是他不愿意说出口。话一说到嘴巴外边就是人家的了,做不到,岂不是空话。

开完会,几个青年团员最后握了一次手,一时都露出留恋不舍的样子,手握的特别紧,嘴里说:"我们到山头上,下来再见。"可总舍不得撒开手。

这天是一九五三年七月十二日。天一黑,部队便往预定的潜伏地带移动。头上下着蒙星雨,挺密的。战士们泥呀水的,走了一宿,弄得浑身净泥,天明藏到条小沟里,隔一个岭便是那个黄山包——敌人主阵地的门户。

敌人紧自打冷炮。李家发临时挖了个猫耳洞,招呼一个叫小罗的新战士躲进去,自己蹲在洞口,淋着雾毛雨。昨儿晚间半路上,敌机投弹,他的腿崩伤了。不过啃块皮去,叫卫生员缠了缠,管它呢。往常李家发的话最多,现时也不玩闹了,望见人,光是笑笑,也不说什么。他见小罗的干粮袋子带断了,摸出针线帮着缝上,又替小罗擦了擦枪。

小罗望了他半天说:"你有照片没有?给我一张好不好?"

李家发悄悄笑着问道:"你要我的照片做什么?"

小罗低着头说:"将来几时想起你,我好看看你。你太好了,不管活到几十年后,我也不会忘了你。"

李家发小声说:"可惜我没有,有就给你了。我父亲母亲也是来信要照片,说是离家两年多了,不知长的什么样了,又盼望我有工夫能回家看看。只怕将来我们回去,连家门口都不认识了。"

小罗说:"那怎么会呢?闭着眼我也能摸到家去。"

李家发摆着头笑道:"不对,不对。你没听说,祖国的建设一天一个样,我父亲去修淮河,还当了水利模范——也不知我们家乡建设得怎样了?"

……团的小组长踩着泥泞走过来,低声说:"李家发,你饿不饿?饿就吃干粮。"

李家发掏出压缩饼干,回头问小罗道:"你吃不吃?"

小罗不想吃。李家发说:"我的干粮还没淋坏,你吃点吧。我也吃一点。一打起来,想吃也顾不到了。"

一时间,战士们都嚼着湿干粮,一面擦枪,又看天。

天还是飞着蒙蒙细雨,满山都是云雾。到夜晚九点钟,只听头顶像刮大风似的,忽忽忽,轿岩山上立时燃烧起来,冒起一片火光。我们的炮火开始袭击了。炮一响,战士们都讲起话来。黑糊影里,谁都听见李家发又嫩又脆的童子音在喊:"眼看轿岩山就成我们的了——山顶上见哪!"

敌人打起照明弹来,一个挨一个,半天空都打严了,照得四下清清亮亮的,像白天一样。李家发跟着排长从沟底翻上了山岭。路太滑,只怕掉队,索性坐下,身子往后一仰,刺刺溜下去,转眼冲到那个黄山包根底,顺着山腿子往上挺。

一上山就是道铁丝网,有人上去炸开了。不多高又是第二道铁丝网,李家发从排长讨到爆破的任务。敌人满山埋的地雷差不多都叫炮火打翻。李家发顺着地雷窝往上爬,还对班长说:"烟一起,你们就上。"

烟起了,部队冲过第二道铁丝网,一气冲上个棱坎,看看离那个黄山包顶不远了,这时一股机枪火盖头盖脑喷下来,把部队压到地面上。排长挂花了,班长代替指挥,高声喊:"谁上去爆了它？"

　　只听见李家发的清亮的童音应道："我去！"

　　半空的照明弹灭了，夜晚一下子变得漆黑，四围是无边的风、雨、雾。

　　李家发离开了他的同志，身边带着两颗炸药手榴弹，闪开正面的枪火，纵身跳起来，蹿上去了。一溜火线从他左侧射过来，又一挺机枪开了火。谁也看不见李家发，谁也觉得出李家发跌倒了，不动弹了。他准是受了伤，也许牺牲了！蓦然间，左侧那挺机枪红光一爆，不出声了，李家发正在行动着呢？

　　先头那挺机枪打的更凶，枪火四外乱喷，压的战士们伏在风雨里，抬不起头，透不出气，都急的想："李家发呢？"

　　风雨黑夜，谁知李家发哪去了？那挺机枪却咯咯咯咯，不住嘴叫着，得意透了。大家正自焦急，只听一声爆炸，黑地里又扬起了那个熟悉的可亲可爱的童子音："同志们，跟我来呀！"

　　战士们跳起来，跑上去几步，那挺机枪又活了，又叫起来，把大家又按到地上去。谁都知道，李家发的弹药已经完了。战士们吼着，一上，顶回来；一上，又顶回来——就是上不去。正在这当儿，那机枪就像一个人正叫着，突然叫人塞住嘴似的，咯噔一下，一点声音没有了。

　　战士们冲上山包，奔着主峰打上去。……

　　天明，轿岩山上飘起面红旗。出征以前，李家发曾经在这面旗上签过名，对着红旗宣过誓。他跟同志们约好，要在山顶上见。他并没能来到山顶上。他躺在那个黄山包上，右胳臂向前，左胳臂向后伸着，身子斜扑在个大碉堡的射口上。他的左脚也打穿了。他是先受了伤，拖着伤脚炸掉左侧一个小地堡，才扑到大碉堡上。他的嘴张着,好像在笑。活着的时候,他爱唱,他本身就是支最美丽的歌子。

这是个多么难得的好战士啊!我们宝贵黄继光,更应该宝贵这种黄继光的精神。李家发死了,他并没死,他的生命充满了这个世界。一枝花,一棵庄稼,一个生物,都有他活在里面。是他,是数不尽像他这样的人,给了我们今天这样的生活。

在轿岩山顶上,一丛天主花开的正艳。有位同伴见了赞叹说:"多美呀!"

这是烈士的血浇出来的。青春不会老,李家发也不会老。历史可以数到一万年,十万年,李家发却将永远是十九岁,永远像春天一样,万古常青——亲爱的同志啊,愿你永生!

一九五四年